W0294706

Fabuleux Nectar

FABULEUX NECTAR

INSPIRÉ DE LA SAGA
DU MÊME AUTEUR
Le Souffle des Dieux

VINCENT PORTUGAL

VINCENT PORTUGAL
www.vincent-portugal.fr

Illustration de couverture : Wahya
ISBN : 978-2-9555329-9-7

© Vincent Portugal, 2017. Tous droits réservés.
Imprimé par IngramSpark (Europe)
Dépôt légal Juillet 2017

Pour Pierre-Jacques
et tous les alchimistes du goût

« La destinée des nations dépend de la manière dont elles se nourrissent. »

Anthelme Brillat-Savarin, *Physiologie du goût ou Méditations de gastronomie transcendante*, 1825

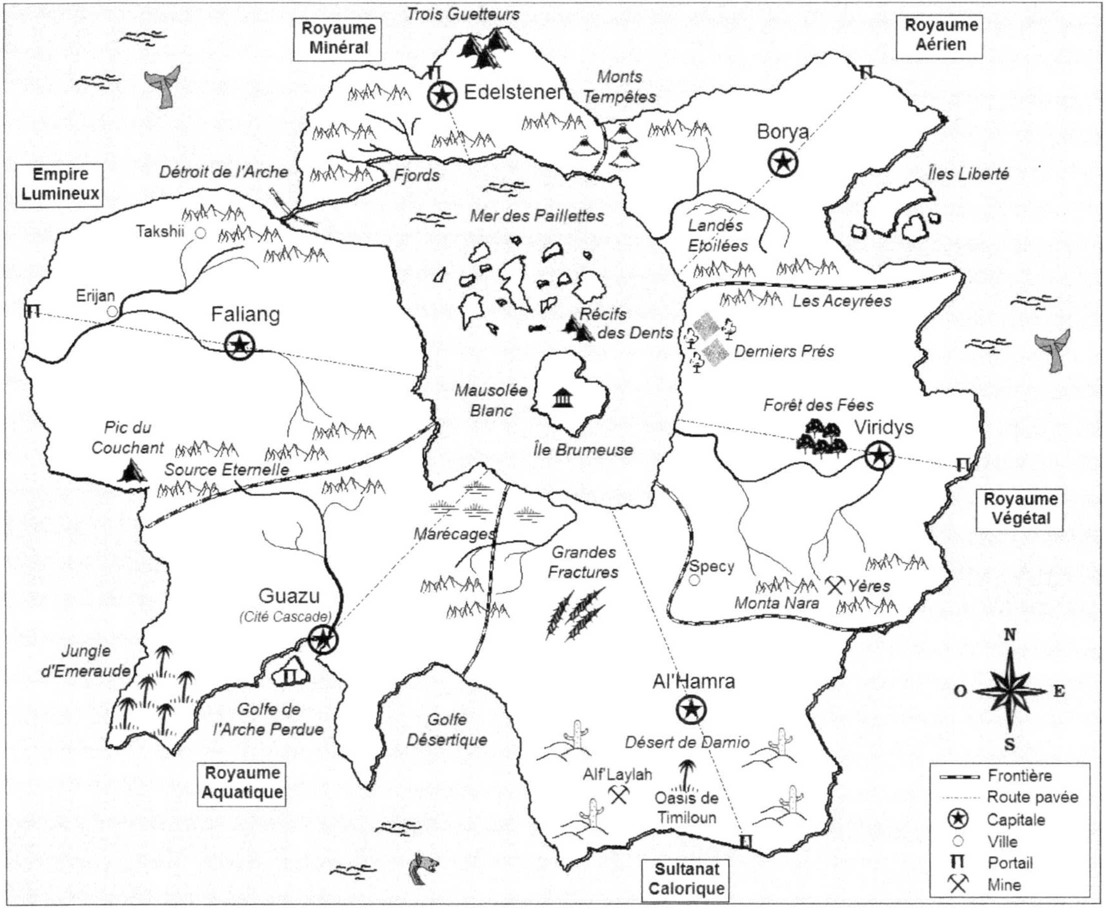

Trois Guetteurs
Royaume Minéral
Royaume Aérien
Edelstener
Monts Tempêtes
Borya
Empire Lumineux
Détroit de l'Arche
Fjords
Îles Liberté
Mer des Paillettes
Takshii
Landés Etoilées
Erijan
Faliang
Récifs des Dents
Les Aceyrées
Derniers Prés
Mausolée Blanc
Forêt des Fées
Viridys
Pic du Couchant
Île Brumeuse
Source Eternelle
Royaume Végétal
Marécages
Grandes Fractures
Specy
Guazu
(Cité Cascade)
Yères
Monta Nara
Jungle d'Emeraude
N
O
E
S
Al'Hamra
Golfe de l'Arche Perdue
Golfe Désertique
Désert de Damio
Royaume Aquatique
Alf'Laylah
Oasis de Timiloun
Sultanat Calorique
Frontière
Route pavée
Capitale
Ville
Portail
Mine

Prologue

Les voiles du navire étaient tendues à craquer. Le vent s'engouffrait dans le tissu dans un sifflement continu. Le bateau fendait les eaux agitées à une vitesse excessive, par l'action combinée de la magie et des rafales.

Une femme aux cheveux d'or se tenait à l'arrière du vaisseau. Les mains crispées sur la balustrade, elle portait une robe blanche qui claquait au vent. Sa chevelure dansait follement autour de son visage. Ses yeux bleus étaient humides de larmes. Immobile, elle admirait une dernière fois sa patrie pour y puiser du courage. Le relief escarpé des îles Liberté s'éloignait. L'horizon s'apprêtait à engloutir leurs collines verdoyantes et leurs falaises de craie.

« Princesse, vous devriez vous abriter… », s'inquiéta un homme derrière elle.

Le garde du corps la dépassait d'une tête. Ses cheveux roux, secoués par le vent, s'agitaient comme les feuilles d'un érable. Son regard émeraude était troublé par le deuil de la jeune femme. Il déposa une étole sur ses épaules tendues. Dans un murmure, il invoqua un sortilège pour en réchauffer le tissu ; une étincelle de magie s'échappa de sa paume et les mailles de coton se gorgèrent de chaleur.

Sa prévenance était inutile. La colère et la peine de Séléna la rendaient insensible au froid.

« Nous atteindrons la flotte ennemie dès demain, annonça le garde. Êtes-vous sûre de vouloir continuer ce voyage ?

— Nous en avons déjà discuté, Valérian. Nos adversaires possèdent des armes qui nous déciment. Nous n'avons plus que notre audace pour éviter une défaite écrasante.

— Si nous sommes tués, notre peuple sera livré à lui-même.

— J’en ai bien conscience. Nous devons faire en sorte de survivre à la bataille et d’être capturés. »

Une expression résolue anima son visage. La princesse était prête à tous les sacrifices pour sauver son peuple opprimé. Elle comptait sur sa ruse pour réussir là où ses parents avaient échoué.

« Nos ennemis ne se doutent pas des secrets de notre cargaison, murmura-t-elle. L’ignorance est une faiblesse qui causera leur perte. »

CHAPITRE I

Arômes capturés de noyaux torréfiés,
Le café est issu d'étranges cerisiers.
Les vergers de la mer ont leurs fruits délicats,
Mais l'eau salée remplace à défaut le moka.

« Boire la tasse »
L'Alchimie du Goût – Poèmes gustatifs et applications, Vol. I

C'était une belle journée d'automne. Les rayons du soleil avaient enfin percé la grisaille des jours précédents. L'air glacé se réchauffait un peu. Misha n'en replaça pas moins une énorme bûche dans sa cheminée. Il tisonna le feu puis épousseta ses vêtements pour chasser les restes de sciure et les échardes. Il prenait soin de sa tunique en velours, pourpre et ornée de spirales blanches et or.

L'alchimiste du roi était grand et sec. Ses cheveux couleur d'ébène étaient aussi sombres que sa peau était pâle. Des rides plissaient les coins de ses yeux. Il souriait dans sa courte barbe, taillée à la mode de la cour, en se félicitant de la récente promotion qui lui avait offert une demeure confortable. Il jouissait volontiers de ce privilège. Des appartements dans la plus haute tour du palais, rien que ça ! Il côtoyait désormais les puissants du royaume. Que dire, il en faisait même partie…

Il soupira d'aise en débouchant une bouteille de vin des Derniers Prés. Combien de diamants ensorcelés avait-il dépensés pour cette petite merveille ? Cela n'avait guère d'importance. L'état de ses finances ne viendrait plus jamais troubler son esprit. Servir son souverain lui garantissait de ne manquer de rien.

Il versa le liquide carmin dans une coupe de cristal, un autre cadeau lié à sa nouvelle fonction. Il la fit tournoyer avec lenteur. La robe du vin était aussi rouge que le visage bouffi de son prédécesseur. Paix à son âme ! Le pauvre avait péri au cours d'une transformation alchimique qui avait mal tourné. Par bonheur, il avait mis le feu à son atelier en ville et non à ses appartements. Brûler ces boiseries et ces tapisseries aurait été une tragédie.

Misha leva son verre au souvenir du malheureux. La disparition soudaine du vieux mage lui avait offert une belle situation. Trois semaines plus tôt, les portes du palais s'étaient ouvertes pour l'accueillir. Il avait été recommandé auprès du roi par le duc Lorish des Landes Étoilées, pour qui Misha avait démontré ses talents par le passé. Du jour au lendemain, il avait quitté les faubourgs de la capitale pour intégrer la cour.

Le roi Alexander s'était assuré de sa loyauté en lui offrant un confort qui l'émerveillait encore. Son métier d'inventeur ne lui avait jamais permis de goûter aux plaisirs de la richesse. Jusqu'alors, il s'était contenté d'une maison modeste en bordure de la ville, où il pouvait mener ses expériences sans risques pour ses voisins. Les accidents étaient malheureusement fréquents lorsqu'on explorait les voies secrètes de l'alchimie. Il fallait profiter des douceurs de la vie avant que celle-ci ne s'enfuie sans prévenir.

L'homme but une gorgée de vin. Les tanins laissèrent un goût râpeux dans sa bouche. Des arômes de fruits des bois se développèrent sur son palais dans une explosion délicieuse. Il ferma les yeux pour mieux les savourer.

Il aurait souhaité prolonger ce moment. Son devoir le rappela trop vite à la réalité. On tambourina à sa porte.

« Seigneur Misha, êtes-vous là ? »

Il caressa l'idée de répondre par la négative, mais son valet risquait de ne pas goûter à ses plaisanteries. Le rustre avait l'intelligence d'un pigeon voyageur : transmettre des messages était la seule fonction qu'il était capable d'assumer sans trop d'erreurs.

« Entrez, Isidore. »

Le jeune homme ouvrit la porte avec précaution. Il était aussi blond et mince qu'un épi de blé en plein soleil. Ses yeux clairs se levèrent au plafond. La veille, il avait découvert qu'un sortilège accueillait les éventuels indiscrets. L'alchimiste avait placé une alarme qui hurlait à tue-tête l'hymne national en cas d'intrusion. De quoi réfléchir à deux fois avant de s'aventurer dans ses appartements.

« Le roi Alexander vous attend dans la salle du trône, annonça le domestique. La flotte de Sa Majesté a arraisonné un bateau qui s'enfuyait des îles Liberté. Leur princesse a été capturée ! Elle ne tardera pas à arriver au palais, sous bonne garde. Le roi a fait préparer les cachots.

— Les cachots ? Je me demande ce que notre roi a derrière la tête...

— Je pense que Sa Majesté va l'emprisonner.

— Vous êtes très perspicace, Isidore. J'ignore ce que je deviendrais sans vos lumières. »

Le pauvre garçon bafouilla des excuses.

« Oubliez ça, soupira Misha. Occupez-vous plutôt de mon feu. Si la température de ce salon a diminué à mon retour, vous irez tenir compagnie à notre invitée des îles. »

Le valet acquiesça vigoureusement. Son air benêt était à la fois agaçant et comique.

L'alchimiste s'habilla d'une fourrure supplémentaire et s'apprêta à quitter ses appartements. Son regard s'attarda sur la bouteille de vin et la coupe à moitié remplie. Quel gâchis ! La requête du roi mettait fin à sa petite fête.

« Ah ! Un dernier mot, lança-t-il à son domestique. Touchez à ce vin et vous apprendrez à voler comme un moineau qui quitte le nid pour la première fois. »

Il pointa la fenêtre du doigt, au cas où Isidore n'eût pas saisi le sens de sa menace.

∫

Plusieurs feux brûlaient dans la salle du trône. Les bûches craquaient dans d'énormes cheminées de briques. Au plafond, des plumes de quartz étaient suspendues par des fils de soie qui oscillaient sans bruit. Ces talismans brassaient l'air chaud : leur magie soufflait pour répartir la chaleur à travers la pièce. Misha resserra pourtant sa tunique en velours. Il ne s'habituait pas à la chute de température qui avait accompagné l'arrivée de l'automne.

Discrètement, l'alchimiste récupéra une griffe cristallisée dans une bourse de cuir. Il murmura **« RENARD »** en songeant à la *parure flamboyante d'un élégant voleur*. Une douce chaleur se dégagea entre ses doigts et remonta le long de ses bras. Son visage s'éclaira d'un sourire satisfait.

La magie était à la portée de tous, à condition de détenir des talismans remplis d'énergie et de connaître les poèmes adéquats. La poésie permettait d'invoquer les six formes de magie qui circulaient dans le monde. Misha aurait aimé que le palais entier soit chauffé par la magie du Sultanat Calorique, ce lointain pays du Sud, mais leurs cristaux étaient hors de prix en cette saison. Le roi les économisait en prévision des nuits glacées de l'hiver.

La cité de Borya se trouvait au nord-est du continent, en plein cœur du Royaume Aérien. Loin des côtes, la rigueur du climat était difficile à supporter. Misha regrettait la situation géographique de la capitale. Il était originaire d'un village de pêcheurs où l'humidité de l'océan régulait mieux les écarts de température.

La salle résonnait d'éclats de voix. Toute la cour du Palais Suspendu s'était rassemblée en apprenant la capture de la princesse ennemie. Misha traversa cet attroupement de coqs qui se rengorgeaient à grands cris. Au loin, il apercevait le roi Alexander lourdement assis sur son trône. Le géant à la barbe noire et fournie impressionnait toujours les visiteurs par son allure. Ses vêtements amples débordaient au-dessus des accoudoirs en cuir. Malgré sa corpulence et son épaisse musculature, le monarque faisait preuve d'une étonnante vivacité.

« La guerre est terminée ! jurait-on près de lui. Les îles Liberté sont à nous !

— Il faudra songer à les rebaptiser, plaisantait un autre. Que diriez-vous des îles Vaincues ? Ou l'archipel des Rebelles Écrasés ? »

Misha fronça les sourcils. Il se méfiait des surnoms qui pouvaient enflammer la colère des rebelles. Ils risquaient d'entretenir la rancœur liée à leur défaite.

L'alchimiste salua les aristocrates qui le séparaient du trône. Leur mine réjouie lui donnait la nausée. Ignoraient-ils que ce conflit avait probablement pour seul but de détourner leur attention de l'état catastrophique des caisses du royaume ? Ils étaient fiers d'avoir conquis un tas de pierres dénuées d'intérêt. Aucun d'eux ne verrait jamais les paysages de ce chapelet d'îles. Et quelle avait été leur contribution à cette victoire ? Quelques diamants pour soutenir l'effort de guerre ? Un navire ?

Misha caressa sa barbe d'un geste agacé. Il ne comprenait pas l'excitation causée par ces jeux politiques où les puissants luttaient pour étendre leurs terres ou renforcer leur emprise sur celles qu'ils possédaient déjà. Son travail lui apportait tellement plus de satisfaction ! Il avait consacré sa vie à l'étude des sortilèges et de leur poésie. Il créait de prodigieuses inventions à partir de ses poèmes. Une occupation bien plus intéressante que les exploits guerriers revendiqués par des bourgeois stupides en manque d'action.

Le roi Alexander croisa son regard. L'éclat noir de ses yeux le transperça.

Misha s'empressa d'adoucir le froncement de ses sourcils. Il devait être fier. Son royaume avait étendu son emprise sur des colonies de phoques potelés et des rochers couverts de moules.

« Félicitations, Votre Majesté, dit-il en s'inclinant devant son maître. Vous avez triomphé.

— Cette rébellion est enfin maîtrisée, gronda le colosse. Je tenais à vous complimenter pour votre concours dans ces combats. Nos soldats ont fait des miracles grâce à vos nouvelles armes. »

Misha se racla la gorge avec gêne. Il regrettait l'utilisation à des fins meurtrières de ses découvertes. Il n'était pas venu au palais dans ce but…

Trois semaines plus tôt, le roi l'avait désigné pour remplacer le vieux mage qui coordonnait les recherches alchimiques du royaume. Il lui avait confié la mission d'inventer des outils agricoles et d'améliorer le rendement des scieries qui faisaient la richesse du Royaume Aérien. Couplée à la magie des talismans, l'alchimie avait des applications concrètes qui restaient à découvrir.

Le duc Lorish des Landes Étoilées, à l'origine de sa nomination, était très apprécié du roi Alexander. Ils chassaient souvent ensemble dans les forêts qui bordaient la capitale. Au cours de l'une de leurs expéditions, le duc lui avait vanté les mérites de la dernière invention de Misha. Les chasseurs invoquaient la magie de leurs talismans pour s'entourer d'un écran de vent qui évitait à leurs proies de les repérer par des odeurs indiscrètes. L'alchimiste avait mis au point des flèches en obsidienne qui traversaient cet écran de magie aérienne sans dévier de leur trajectoire.

Le roi Alexander avait suivi la recommandation du duc et proposé à Misha de devenir l'alchimiste du palais. Cependant, la guerre battait son plein. Le monarque avait détourné la vocation première de son invention pour en faire une arme contre les navires rebelles qui s'entouraient de sortilèges défensifs à base de magie aérienne. D'ordinaire, les boucliers de vent déviaient les projectiles des soldats. Les flèches ensorcelées par Misha perçaient sans peine leur protection. Si elles touchaient un ennemi, les gemmes noires empoisonnaient leur sang et empêchaient les blessures de guérir.

Misha avait des idéaux pacifistes, même s'il manquait de courage pour les défendre haut et fort. Il avait accédé à ce poste pour le plaisir de ses recherches et un confort non négligeable. Il préférait naturellement utiliser ses inventions pour améliorer le quotidien des habitants du royaume… Il n'avait aucune envie de participer à une guerre meurtrière.

Ses émotions se lisaient sur son visage. Il ne sut pas cacher son amertume à son souverain.

« Le succès de votre invention ne semble pas vous réjouir, remarqua le géant en plissant les yeux. Regrettez-vous d'avoir aidé notre armée à combattre ces rebelles ? »

Sa remarque glaça l'alchimiste, qui se méfiait des éclairs d'intelligence qui traversaient parfois les iris sombres du monarque. Le roi Alexander était loin d'être un érudit, préférant la chasse et les tournois de lutte aux plaisirs des arts et de la littérature, mais il n'en restait pas moins un meneur d'hommes émérite. Il devinait sûrement l'opinion réservée de son conseiller sur ses expéditions militaires.

« Je suis à votre seul service, Votre Majesté, s'inclina l'inventeur. Les enjeux de cette guerre me dépassent. Je suis d'ailleurs troublé par la capture de ces prisonniers.

— La princesse Séléna nous apporte la victoire sur un plateau, sourit le roi. Nous la forcerons à exiger la reddition de son peuple. Elle séjournera aux cachots avant de rejoindre ses défunts parents. Nous devons donner l'exemple pour dissuader d'autres provinces du royaume de faire sécession. »

Misha n'osait pas critiquer sa stratégie militaire, mais il avait de sérieux doutes quant à sa pertinence. Les soldats du roi avaient coulé le vaisseau amiral des rebelles, tuant leur roi et leur reine. Récemment, ils avaient blessé à mort leur fils Andreas et enflammé son navire. La princesse Séléna était le dernier membre vivant de la famille royale. Assassiner cette femme ne pouvait qu'entretenir la haine et la rage des rebelles…

L'inventeur resta silencieux. Il ne put s'empêcher de froncer les sourcils et de trahir ainsi sa désapprobation.

« Cela semble vous déplaire, s'énerva le roi en haussant la voix. Vous êtes le seul à ne pas célébrer notre victoire. Expliquez-vous ! »

Les conversations se tarirent autour de lui. L'alchimiste ne prêta pas attention aux ministres qui s'étaient tus. Il accrocha le regard du roi Alexander. Son interlocuteur appréciait la franchise et la sincérité, à condition de respecter les codes de politesse en vigueur au palais – et de flatter régulièrement son ego.

« Votre Majesté, déclara-t-il prudemment, vous n'allez plus tarder à débarquer sur les îles Liberté pour y asseoir votre autorité. Pardonnez ma naïveté, mais j'ai le sentiment qu'il serait risqué de tuer cette princesse. Son peuple pourrait la prendre pour une martyre et refuser vos lois, quand bien même vous auriez vaincu leurs armées. Pourquoi ne pas la garder prisonnière jusqu'à ce que le calme soit rétabli parmi les rebelles ? Vous pourriez lui promettre un minimum de confort et de sécurité, en échange de son aide pour apaiser la colère de son peuple. »

Le souverain se gratta la barbe d'un air pensif. Ses sourcils broussailleux se touchaient presque.

« Le duc Lorish m'avait vanté vos talents d'alchimiste, lâcha-t-il finalement. J'ignorais votre goût pour la diplomatie. Je vais réfléchir à vos arguments. Rappelez-vous cependant que les vainqueurs ont tous les droits. »

Misha s'inclina. Il était soulagé d'avoir pu exprimer le fond de ses pensées.

« Mon roi, nous avons gagné la guerre. Essayons maintenant de gagner la paix. »

La nuit était tombée. L'impatience du roi Alexander le rendait irritable. Il rêvait de piétiner la dernière contestation de sa suprématie.

Sa mère Soniska se tenait à ses côtés. L'ancienne régente tuait le temps en donnant des ordres contradictoires et stériles à une armée de domestiques. Éteindre des bougies, en rallumer d'autres, fermer les rideaux pour garder la chaleur, les ouvrir pour aérer la pièce… Ses servantes dansaient un ballet incessant autour d'elle et des membres de la cour.

À peine moins corpulente que son fils, l'aristocrate accusait les marques d'une vieillesse prématurée. Ses articulations avaient souffert de soixante années passées dans un palais glacé et ouvert à tous les vents. Le climat avait eu raison de sa santé. Elle se déplaçait avec difficulté et quittait rarement son fauteuil. Soniska se vengeait en dépensant son énergie pour épuiser celle des autres.

La mère du roi avait assuré la régence du royaume pendant de longues années, lorsque son mari avait péri dans un accident de chasse. Malgré deux enfants en bas âge, elle avait gouverné le pays d'une main de fer. Elle avait formé son fils aîné pour prendre sa succession, mais il était mort au cours d'un tournoi de lutte en affrontant son frère cadet, Alexander. Celui-ci jurait qu'il s'agissait d'un accident, mais les conseillers de la cour avaient toujours douté de l'innocence de ce géant hirsute si prompt à la violence.

Misha détourna son regard de cette femme de caractère. Il fixa la porte avec insistance. Pourquoi perdre une soirée entière à attendre cette maudite princesse rebelle ?

Ses mains trituraient le Talisman Totem qui pendait à son cou. Le bijou avait la forme d'une patte d'oiseau-lyre en argent. Contrairement aux cristaux remplis de magie élémentaire qui participaient à la vie quotidienne de chacun, ce talisman abritait un djinn avec qui Misha pouvait discuter par la pensée. Le génie Ji'Lyr l'accompagnait depuis sa majorité et sa réussite à une série d'épreuves initiatiques. Sa forme unique symbolisait la personnalité de son maître, en l'occurrence son goût pour le langage et la poésie – et celui d'un certain raffinement.

« Le roi est-il si pressé de constater sa victoire ? se plaignit-il en pensée. *Rien ne justifie cette attente interminable.*

— *Ne sous-estime pas son ego,* lui répondit son djinn. *Il a besoin de montrer sa domination aux rebelles qui ont égratigné son amour-propre. Les îles Liberté lui ont donné du fil à retordre.*

— *Ce n'est pas une surprise au vu de la misère de son armée... »*

La flotte royale était trop petite pour mener une guerre d'usure. Un des navires n'avait même jamais quitté le port à cause de son délabrement avancé. Son capitaine avait traversé les planches moisies du pont pour tomber dans la cale.

Les rebelles avaient lutté avec honneur pour empêcher les envahisseurs d'accoster sur leur rivage. Ils maîtrisaient des sortilèges défensifs dévastateurs. Leur grand secret consistait à faire apparaître des bancs de brume corrosive qui entouraient leurs côtes et déchiraient les voiles des bateaux. La moitié de la flotte avait dû rebrousser chemin en piteux état.

La guerre durait depuis deux mois. Misha ignorait les raisons qui avaient poussé les rebelles à clamer leur indépendance. Il soupçonnait le roi Alexander d'avoir trouvé un moyen de distraire ses sujets en leur fournissant d'autres ennemis à combattre que les membres de son gouvernement. Ils étaient ainsi moins enclins à se plaindre de la misère du royaume et de sa gestion catastrophique.

L'alchimiste secoua la tête avec détachement. Son travail l'intéressait davantage que ces affaires politiques. Il était impatient de regagner ses appartements pour reprendre ses expériences. Hélas, il avait encore raté un coucher de soleil. Il devait attendre une journée de plus pour peaufiner le dernier sortilège qu'il essayait d'inventer à partir des couleurs du crépuscule.

Un grincement métallique le sortit de ses rêveries. Les portes de la salle du trône pivotèrent enfin sur leurs gonds.

« Avancez ! hurla une voix. Et prosternez-vous devant votre roi ! »

Des soldats-mages entrèrent, tenant chacun un sceptre couronné d'une énorme gemme argentée. Leur magie était prête à surgir. Ils entouraient trois prisonniers aux mains attachées par une corde : un homme et deux femmes. Leurs têtes étaient baissées. Ils s'avancèrent et tombèrent à genoux sur le plancher.

Le roi Alexander se redressa sur son trône. Il retrouva son aplomb en un instant. Son sourire dévoila une rangée de dents blanches qui tranchait avec la noirceur de sa barbe. Son excitation était palpable.

« Voici donc les rebelles qui cherchaient à s'enfuir », dit-il avec satisfaction.

Le géant observa les deux jeunes femmes entravées par les cordes.

« Laquelle d'entre vous est la princesse Séléna ? »

L'une d'elles leva la tête. Ses cheveux blonds encadraient un visage sali de larmes, de cendres et de sang. Ses yeux étaient rouges et gonflés.

« *Princesse ?* répéta-t-elle d'une voix aigüe. Vos soldats m'ont traitée comme une esclave. Ils m'ont humiliée et traînée dans la boue, obéissant à vos ordres infâmes. »

Le roi ne se laissa pas décontenancer.

« Vous n'étiez princesse que sur vos îles caillouteuses, rétorqua-t-il. Ici, vous n'êtes plus rien. J'ai écrasé votre petite rébellion.

— Êtes-vous trop orgueilleux ou stupide pour admettre la vérité ? Votre marine est la risée du monde ! Vos navires n'ont jamais réussi à débarquer sur nos terres. Ils sont à peine parvenus à piller nos zones de pêche. »

Les ministres échangèrent des murmures. La prisonnière avait du tempérament.

L'ancienne régente posa la main sur le bras de son fils. Elle fit claquer sa langue. La répartie de leur captive l'amenait sur un terrain qui excitait son intelligence. Elle se délectait des conversations où se mêlaient le fiel et le venin.

« Jusqu'à preuve du contraire, vous êtes à notre merci, glissa Soniska avec un sourire mauvais. Vous êtes le dernier membre vivant du gouvernement des îles Liberté. Votre peuple doit se plier à nos exigences.

— Vous avez tué mes parents, admit Séléna d'une voix vibrante, mais je ne suis pas reine pour autant. Mon frère Andreas a survécu. Il vient d'être couronné. Vous aviez raison sur mon titre ; je ne suis qu'une princesse. »

Sa déclaration fit un tollé.

Des cris de surprise éclatèrent dans la salle du trône. Ce retournement de situation changeait tout.

La guerre n'était pas terminée.

Ils n'avaient pas conquis les terres des rebelles.

« Calmez-vous ! », s'écria Alexander en tapant du poing.

Le roi se leva de son siège et vint se dresser devant la princesse. Sa corpulence était écrasante.

« Vous mentez ! jura-t-il. Le prince Andreas a été blessé par une flèche en obsidienne. Notre meilleur alchimiste l'avait ensorcelée lui-même. Misha, venez ici ! »

L'inventeur sursauta en entendant son nom. Un courtisan le poussa doucement pour le sortir de sa léthargie. Ce n'était pas le moment de rêvasser.

Il s'approcha du roi mécontent qui le dépassait d'une bonne tête. Son énorme cou portait un Talisman Totem qui étincelait comme sous l'effet de la colère, une plume de faucon en jaspe tacheté. Misha avait conscience d'être brusquement devenu le centre de l'attention.

Il détestait ça.

Par tous les dieux, pourquoi n'était-il pas dans sa tour en train de célébrer ses trois premières semaines au palais avec un léger verre de vin ?

« Je suis là, Votre Excellence. »

Son cœur battait à tout rompre.

« Ne m'avez-vous pas dit que vos armes étaient mortelles ? gronda le monarque.

— Cet homme n'aurait pas dû survivre, bégaya l'alchimiste. Les éclats d'obsidienne empoisonnent le sang et l'empêchent de coaguler pendant plusieurs jours. Une blessure trop profonde est mortelle. »

La princesse Séléna lui lança un regard plein de haine.

« Vous êtes donc l'inventeur de ces armes ? cracha-t-elle avec hargne. Félicitations, elles ont fait des ravages ! Vous avez assassiné mes parents et tenté de tuer mon frère.

— Ce sont les soldats qui en sont coupables…

— Ne vous cachez pas derrière de faux-semblants, le coupa-t-elle. Vous êtes un meurtrier, comme ce gros tyran sanguinaire ! »

Le souverain tapa du pied.

« Ça suffit ! rugit-il. Surveillez vos paroles !

— La vérité serait-elle trop blessante ? se moqua-t-elle. Vous êtes un tyran ! Personne n'a jamais cru vos mensonges sur la mort de votre frère, le véritable héritier du royaume. Le monde entier sait que vous n'êtes qu'une brute qui a volé sa couronne ! »

Alexander n'y tint plus. Une soirée d'attente avait épuisé sa patience. D'un geste violent, il gifla la princesse qui tomba sur le côté. Ses cheveux dorés se répandirent autour d'elle.

Un des prisonniers se releva avec un cri de rage et tenta de se jeter sur le roi.

Deux soldats le retinrent de justesse. Ils le frappèrent d'un coup de sceptre au ventre pour le remettre à genoux. L'homme grimaça de douleur, mais son regard émeraude était fier quand il redressa la tête.

« Vous êtes un lâche ! cracha-t-il. Vous frappez une femme ligotée et sans défense ! »

Le souverain serra les poings. Son visage était rouge de fureur. Comment osait-elle réveiller le souvenir d'un accident qui lui avait offert le trône ? Il savait que les sujets du royaume étaient nombreux à chuchoter de fausses accusations à son égard. Il refusait de les entendre.

« J'ai droit de vie et de mort sur vous, menaça Alexander. L'insolence a un prix. »

Le rebelle avait la mâchoire carrée et une musculature sèche. Ses cheveux roux avaient des reflets d'or sous la lumière des lustres. Une blessure rouge barrait sa joue, en souvenir de sa récente capture. Il bomba le torse avant de déclarer :

« Vous venez de blesser une princesse comme l'aurait fait un ivrogne à la sortie d'une taverne. Votre attitude n'est pas digne d'un roi ! Ne vous étonnez plus que vos provinces se rebellent pour clamer leur indépendance ! »

Les yeux verts du garde du corps étaient durs. Son allure était menaçante en dépit des liens qui l'entravaient.

Séléna se redressa sur un coude. Du sang coulait au coin de sa bouche. Elle ne fit aucun geste pour l'essuyer.

La jeune femme balaya la foule du regard pour que chacun puisse contempler sa blessure infligée par un monarque impulsif. Les ministres se dandinèrent avec gêne devant cette scène.

« Alexander, mon fils, soupira la reine Soniska. Revenez donc vous asseoir. La survie du prince Andreas et son couronnement ne changent rien à nos plans. La capture de cette jeune femme reste notre meilleur atout pour mater cette agaçante rébellion. »

En silence, le monarque se donna bonne contenance en se servant un verre de vin avant de revenir s'installer sur son trône. Le visage fermé, il but une gorgée en réfléchissant. Il détestait autant les fausses accusations sur la mort de son frère que l'infantilisation dont il faisait l'objet. Sa mère soulignait son manque d'expérience à la moindre occasion.

L'ancienne régente se pencha vers lui. Elle ignorait le cheminement sinistre des pensées de son fils.

« Nous pourrions monnayer la vie de la princesse, suggéra Soniska à voix basse. Son peuple sera prêt à des sacrifices pour la voir revenir.

— Je ne veux pas négocier avec ces rebelles, marmonna Alexander. Je veux les *écraser*.

— Ils seront bientôt sous votre autorité. Cette femme vous ouvrira les portes de leurs cités bien plus vite que le pourrait votre armée de bras cassés. »

Sa mère avait raison, même s'il refusait de l'admettre à voix haute. Il acceptait ses conseils, mais il se renfrognait à chacune de ses critiques sur sa manière de gouverner. Elle lui rappelait sans cesse qu'il n'avait pas été formé pour porter la couronne.

Par bonheur, elle se fatiguait au fil des années et l'embarrassait moins qu'autrefois. Elle n'avait pas réussi à l'empêcher de déclarer cette guerre contre les îles Liberté. Une guerre qui n'était pas encore gagnée, comme il le pensait quelques heures plus tôt, mais qui le serait bientôt. Ce n'était qu'une question de temps.

Il sourit méchamment à l'attention de sa prisonnière. Quelle piètre allure elle avait, en dépit de sa fierté et de son insolence ! Ses cheveux blonds étaient sales, ses yeux bleus humides de larmes. Sa robe blanche était déchirée et couverte de cendres.

« J'espère que vous avez de bonnes relations avec votre frère, se moqua-t-il. À votre avis, que donnera-t-il en échange de votre vie ? »

Séléna serra les dents et ne répondit pas. Se montrait-elle plus prudente ?

« Il sera surpris d'apprendre votre capture, continua le roi Alexander. Vous n'auriez jamais dû quitter votre île. »

La lueur de défi qui animait le regard de la jeune femme s'adoucit brusquement. Le doute se lisait dans ses yeux. Prenait-elle conscience de la gravité de sa situation ?

« C'était une solution désespérée, mais c'était la dernière à notre portée, lâcha-t-elle avec amertume. Cette guerre nous ruine. Je souhaitais acheter la protection d'un royaume digne de ce nom, comme le Royaume Végétal.

— Par quel moyen ? »

Valérian jeta un regard d'avertissement à la princesse.

« Gardez espoir ! lança son garde du corps. Ne trahissez pas vos secrets !

— Nous devons négocier », murmura-t-elle avec dépit.

Le roi se redressa sur son siège. Les ministres tendirent l'oreille.

« Je n'aime pas me répéter, gronda le monarque. Quelles marchandises espériez-vous vendre à nos voisins ?

— Vous ne me croiriez pas, affirma Séléna. Notre véritable cargaison est cachée au fond de la cale du *Trésor*. Si vous ne l'avez pas encore fait, fouillez notre navire. »

La jeune femme baissa légèrement la tête. Sa voix se teinta d'une grande lassitude lorsqu'elle reprit :

« Vous trouverez des malles remplies de bijoux, d'antiquités et de vieux grimoires, mais ne vous y trompez pas. Nous avons misé notre indépendance sur notre vraie richesse : trois tonneaux cerclés de fer et fermés par un talisman en forme de coquillage. Ramenez-en un. Je suis certaine que nous pourrons alors entamer des négociations pour ma liberté et la fin de la guerre. »

Soudain, la prisonnière laissa échapper un soupir et s'évanouit. Sa tête frappa le parquet avec un bruit sourd.

Les mains liées, son garde du corps se tendit vers elle avec un cri d'impuissance. Il invectiva le roi et sa cour.

« N'avez-vous donc aucune pitié ? jura Valérian avec colère. La guerre ne justifie pas tout ! À quoi devons-nous encore nous attendre ? Allez-vous nous battre et nous torturer pendant que vous finissez votre banquet ? »

Le souverain capitula en surprenant les grimaces choquées de ses conseillers. Cette soirée ne se passait absolument pas comme prévu. Il n'avait pas capturé la reine des rebelles, mais une princesse aux paroles acides qui excitait la violence de son cœur. Il regrettait d'avoir perdu son sang-froid devant sa mère et son gouvernement qui condamnaient souvent sa brutalité. Sa gifle retentissante donnait du crédit aux accusations de cette femme.

Il réfléchit calmement. Son alchimiste avait raison, les cachots n'étaient pas appropriés pour une prisonnière dont la vie pouvait faire l'objet d'une reddition de son peuple… Il refusait pourtant de l'installer dans une suite trop confortable qui confirmerait son statut et qui entretiendrait son insolence. Un compromis s'imposait. Il songeait à certains couloirs éloignés et traversés de courants d'air…

« Installez nos prisonniers dans l'aile nord du palais, au-dessus du ravin, dit-il enfin. Faites venir des guérisseuses pour les soigner. Veillez à ce qu'ils ne quittent pas leurs chambres sans mon autorisation. »

Les soldats le saluèrent avec la raideur militaire qui caractérisait leur fonction. L'un d'eux souleva la princesse inconsciente comme un ballot de paille qu'il jeta en travers de ses épaules. Les autres aboyèrent des ordres pour emmener les prisonniers vers leurs nouveaux quartiers.

La salle du trône redevint silencieuse. Les ministres étaient impatients d'oublier ce pénible spectacle qui avait gâché leurs festivités. Parmi eux, Misha était le seul à afficher un sourire en coin. Il ne s'intéressait guère à la politique, mais il était certain d'avoir influencé la miséricorde de son roi. Même des pêcheurs qui se rebellaient contre la couronne avaient le droit à un peu de pitié. Il avait été touché par la peine qui faisait vibrer la voix de cette malheureuse princesse, orpheline et prisonnière.

Alexander remarqua son expression satisfaite et fronça ses épais sourcils. Il prit ombrage de cette démonstration de triomphe alors qu'il était lui-même plein de haine et de frustration.

« J'ordonne qu'on enquête dès ce soir sur la cargaison du navire ennemi, grommela-t-il. Des volontaires ? »

Les visages devant lui se fermèrent. Les têtes se baissèrent vers le sol.

« Ne vous précipitez pas, lança Alexander avec sarcasme. C'est pourtant un privilège d'être mon ambassadeur pour éclaircir ce mystère. »

Les aristocrates ne manifestèrent pas davantage d'enthousiasme. Un voyage nocturne n'était guère engageant en cette saison. Il était plus simple d'attendre le lendemain pour comprendre les paroles cryptiques de la princesse.

« Laissez-moi alors désigner un candidat digne de cette mission royale. Un mage plein de ressources et de bonne volonté… Un inventeur génial et persévérant… Un homme féru de littérature et de vieux grimoires… »

Son sourire dévoila une rangée de dents brillantes. Son regard d'onyx se posa sur un alchimiste dépité.

CHAPITRE II

Des arômes boisés, souvenirs d'une épave,
Caressent le palais dont je me sais l'esclave.
Chêne, pin, acajou ? Qu'importe la résine !
Les trésors se goûtent ; la route se devine.

« Pilleurs d'épaves »
L'Alchimie du Goût – Poèmes gustatifs et applications, Vol. I

Misha paya les services d'un vif-passeur pour emprunter les rivières de vif-argent qui creusaient le sous-sol du royaume. La magie liquide emporta sa barque dans les souterrains, jusqu'au village de pêcheurs qui accueillait la flotte du roi. Le voyage ne dura qu'une petite heure.

L'alchimiste salua le vif-passeur et continua seul. Il resserra la fourrure qui réchauffait son cou. Ses joues étaient roses et glacées.

« C'est une punition plus qu'un "privilège" ! maugréa-t-il en pensée.

— *Tu dois apprendre à masquer tes émotions,* répondit son djinn. *Alexander déteste toute forme de contestation. »*

Ji'Lyr se matérialisa dans un halo de magie, sous la forme d'un oiseau-lyre aux longues plumes argentées. L'esprit flottait dans les airs. Il n'était visible qu'aux yeux de l'alchimiste.

« N'étais-tu pas de mon avis ? lança Misha. *C'était idiot d'enfermer cette jeune femme et de l'exécuter de façon sommaire, en espérant étouffer toute idée de révolte à son peuple…*

— *Qui a dit que le roi était un parangon d'intelligence ? »*

L'inventeur sourit de son humour sarcastique.

« Soyons positifs, reprit le génie. *Si l'auguste Alexander avait eu un soupçon de discernement, il t'aurait demandé où en étaient tes recherches pour inventer de nouvelles armes… »*

L'inventeur soupira.

« Si seulement cette guerre pouvait se terminer, murmura-t-il. *L'obsidienne ne devrait pas servir à tuer des gens. »*

Il songeait aux accusations de la princesse Séléna et à la résurrection inattendue de son frère Andreas. La flèche ensorcelée aurait dû tuer le prince étranger, même si sa pointe avait été extraite par un guérisseur consciencieux. L'obsidienne contaminait le sang et altérait la magie qui circulait naturellement dans le corps humain.

Cette roche volcanique s'arrachait à prix d'or. Vitreuse et noire comme la nuit, elle faisait l'objet d'une exploitation acharnée. Les alchimistes avaient le monopole sur les poèmes qui permettaient d'éveiller ses pouvoirs et d'en tirer profit. Ces pierres pouvaient absorber et stocker la magie d'un talisman pour la restituer dans un cristal de forme différente, ce qui s'avérait rentable selon la rareté des talismans, les saisons et le cours du marché. Tout naturellement, les alchimistes étaient peu à peu devenus les banquiers du monde. Peu de personnes cherchaient d'autres usages aux obsidiennes et y parvenaient avec autant d'inventivité que Misha.

« Tu pourras bientôt retourner à ton travail, promit son djinn. *En attendant, tu n'as pas d'autre choix que d'obéir au roi. »*

L'oiseau-lyre se dispersa dans un éclat de magie argentée et se réfugia dans le Talisman Totem qui pendait au cou de l'inventeur. Misha soupira à nouveau. Sa bouche souffla une bouffée de vapeur dans l'air glacé de la nuit.

Il traversa le village de pêcheurs endormi pour atteindre le port royal, si on pouvait parler ainsi des quais délabrés et de la digue ridicule qui se perdait dans la brume. Les rochers abritaient à peine une vingtaine de voiliers transformés en navires de guerre par le caprice d'un monarque. Les coques en bois tanguaient sur l'océan dans une musique lancinante, ponctuée de bruissements et de craquements sinistres.

Le Royaume Aérien n'avait jamais possédé de véritable flotte militaire. Les prédécesseurs du roi Alexander n'en avaient pas trouvé la moindre utilité. Cette évidence sautait aux yeux de n'importe quel historien. Hélas, tous ceux qui avaient souligné l'absurdité d'une guerre maritime s'étaient retrouvés attachés à la proue des navires pour goûter le sel des premières batailles.

L'alchimiste s'arrêta net devant le voilier des rebelles. Il siffla d'admiration. Quel bateau impressionnant ! Il était plus imposant que leur vaisseau amiral.

Les voiles du *Trésor* étaient déchirées et brûlées, mais on distinguait encore les plumes de cristal accrochées au sommet du mât. Le bois lustré brillait à la clarté de la lune. Des ornementations en or couraient le long des balustrades, comme les runes gravées d'un immense sortilège. Des coquillages en quartz étaient incrustés sur le pourtour de la coque et diffusaient un halo de lumière bleutée. À l'avant, la statue d'une sirène faisait office de proue. Ses yeux contenaient deux perles de nacre remplies d'une magie qui facilitait la navigation.

Les rebelles avaient sans doute perdu le fleuron de leur flotte. Il était couvert de talismans et de sortilèges maritimes extrêmement perfectionnés. Le Royaume Aquatique était le seul royaume capable de construire des navires à la technique si avancée… Par quel miracle les îliens avaient-ils pu négocier avec les célèbres chantiers navals ? Le roi Alexander les avait lui-même contactés au début de la guerre, mais il n'avait reçu que des propositions trop onéreuses pour être raisonnables.

« Beau rafiot, pas vrai ? », fit une voix près de lui.

Misha se tourna vers un homme à la carrure impressionnante. Un écusson gris indiquait qu'il s'agissait d'un marin sans grade. L'alchimiste se sentait petit et frêle à ses côtés. Il dut lever la tête pour lui répondre.

« Effectivement, concéda-t-il. Ces rebelles sont plus riches que je ne le pensais.

— Attendez donc de voir l'intérieur… On se croirait dans un palais ! »

Misha se présenta et demanda à voir l'amiral. Le marin effectua un garde-à-vous sommaire et l'emmena près d'une passerelle qui reliait le bateau à la terre ferme. Les planches étaient glissantes. L'alchimiste s'agrippa à la corde rêche qui sécurisait sa traversée, en cachant son malaise à l'idée de tomber dans les eaux ténébreuses du port. Sa nuit était assez désagréable comme ça.

Le pont du *Trésor* avait souffert de l'attaque. Des taches noires abîmaient le bois qui diffusait encore une odeur âcre. L'armée du roi n'avait pas lésiné sur les moyens… La magie s'était abattue avec violence. Le marin mena Misha jusqu'à la cabine du capitaine qui s'ouvrait sur la partie avant du navire. Il poussa la porte décorée et l'invita à entrer. L'inventeur descendit quelques marches et gagna un intérieur auquel il ne s'attendait pas.

Tout autour de lui respirait le luxe. L'éclairage venait de bouquets d'épis de blé en quartz qui illuminaient les parois en acajou. Des sièges en cuir entouraient une table en chêne massif au centre de la pièce. Des tapisseries pendaient aux murs et exposaient des scènes mythologiques représentant des peuples marins. Sur l'une d'elles, trois sirènes nageaient autour d'une cité engloutie ; sur une autre, un roi triton armé d'un trident barrait l'entrée d'une caverne remplie de coffres débordants de diamants et de pierres précieuses.

Son nez était assailli d'odeurs de bois, de camphre et d'une note plus sucrée… Misha en reconnut aussitôt les arômes de vanille et de caramel.

Du rhum.

Son regard se posa sur le verre à moitié plein qui libérait son capiteux parfum. À ses côtés, une bouteille était ornée d'un ruban marqué d'un célèbre symbole : une rosace bleue et or.

« Du Guazu millésimé, saliva l'alchimiste.

— Monsieur est un connaisseur. »

Un homme élancé l'observait avec amusement. Des touffes de cheveux poivre et sel dépassaient d'un bonnet rayé de blanc et d'or. L'amiral Pavel traversa la pièce pour lui serrer la main. Sa poigne était ferme.

« J'ai trouvé d'excellentes bouteilles dans ce meuble, expliqua-t-il en désignant un buffet ouvragé. Je n'ai pas pu résister. Je vous offre un verre ? »

Misha acquiesça avec un plaisir anticipé. Il ne buvait qu'avec modération, mais il appréciait les boissons de qualité. Il aimait éprouver la finesse de son palais.

L'amiral versa le rhum dans un verre en cristal. Décidément, ce bateau portait bien son nom ! Il ne manquait pas de trésors… Misha trinqua en souriant. Il goûta lentement sa première gorgée, sucrée et pleine d'arômes épicés. Cette gourmandise compensait les désagréments de sa mission nocturne.

« Exquis, admit-il en se léchant les lèvres. Ces rebelles ont du goût !

— Et de l'argent, compléta l'amiral. Nous ne pensions pas trouver autant de richesses à bord de ce navire. Heureusement que nous ne l'avons pas coulé.

— Avez-vous l'habitude de détruire les vaisseaux ennemis ? Vous feriez mieux de les capturer pour faire grossir la flotte de notre roi… »

Pavel haussa les épaules.

« Nous avons épargné celui-ci, dit-il. Les autres navires étaient bien plus insignifiants. Par ailleurs, vos flèches ensorcelées ne laissent pas grand-chose d'intact après une attaque. Nous les avons perfectionnées en enflammant leur empennage ; elles réduisent tout en cendres à une vitesse impressionnante. »

Misha lâcha un soupir. Il fit tourner la bouteille pour admirer le ruban qui indiquait sa provenance. L'amiral s'assit contre la table en chêne et le dévisagea.

« Vous désapprouvez cette guerre, n'est-ce pas ? »

L'alchimiste reposa la bouteille et reprit ses esprits.

« Je n'ai pas à juger la volonté du roi », s'empressa-t-il de répondre.

Il n'osa pas ajouter qu'il fallait être suicidaire pour affirmer le contraire. Le patriotisme était une des clés de la survie dans cette société.

« Comme chacun d'entre nous, confirma l'amiral avec un sourire. Cependant, des mauvaises langues se plaignent du coût de la guerre. Certains de mes hommes pensent que les îliens ne sont que des pêcheurs sans le sou et que nous risquons notre vie pour rien.

— Les richesses de ce bateau montrent qu'ils nous cachent des secrets. Notre roi l'avait sûrement deviné. Ses détracteurs regretteront leur manque de confiance. »

Pavel abandonna son jeu. Il n'était pas dupe, mais cette situation l'amusait. L'alcool le mettait dans de bonnes dispositions.

Il se rapprocha de la tapisserie qui illustrait des sirènes nageant autour d'une cité engloutie. Une auréole de lumière entourait la scène sous-marine. Des poissons colorés se déplaçaient le long des bâtiments qui se dressaient dans l'océan. Des anémones et des coquillages blancs proliféraient sur les rochers et les murs. L'éclat jaune qui s'échappait des fenêtres laissait penser que la ville était habitée.

L'amiral indiqua la tapisserie avec son verre.

« C'est un travail remarquable, affirma-t-il. Leurs artisans ont un sens du détail fascinant. Avez-vous déjà vu des fils de cette qualité et d'une telle couleur turquoise ? On jurerait qu'ils sont faits d'eau et de sel. »

Misha se rapprocha à son tour. Les points et les mailles serrées faisaient de ces tapisseries de véritables œuvres d'art. Ces mystérieux tisserands étaient meilleurs que ceux du Palais Suspendu.

L'alchimiste parcourut le reste de la pièce du regard. Tissus chatoyants, statues exotiques, bibelots dorés… Il était perturbé par cette démonstration de richesse. Les îles

Liberté n'étaient pas réputées pour leur fortune. Au contraire, ses habitants n'avaient jamais attiré l'attention de leurs voisins. Ils ne commercialisaient que des coquillages, des poissons et des peaux de phoques. Comment avaient-ils pu accumuler ces trésors ?

Cela n'avait aucun sens. Il en fit part à l'amiral.

« Nous ignorons tout de ce peuple, avoua Pavel en avalant une gorgée de rhum. Nous avons l'habitude d'emprunter les rivières souterraines de vif-argent pour voyager à travers le monde, mais elles ne traversent pas les fonds marins... Les îles Liberté ne sont accessibles que par la mer. Leurs côtes ne se trouvent pas si loin des nôtres, mais les courants rendent la navigation extrêmement dangereuse. Nos cartes marines sont approximatives. Nous savons seulement que leur capitale se trouve sur l'île principale, ainsi qu'une poignée de villages.

— Vous n'avez jamais eu aucun conflit avec eux ?

— Non... Jusqu'à présent, ils s'étaient toujours acquittés de leurs impôts. Ils préfèrent tirer leurs filets loin de nos côtes. Les marins racontent que les pêcheurs des îles Liberté partent plusieurs semaines avant de revenir chez eux, leurs bateaux pleins de poissons introuvables dans nos régions. Ils sont connus pour leurs morues phosphorescentes et leurs thons bleus. »

Misha réfléchit. Ce peuple aimait trop le mystère pour ne pas dissimuler des activités plus douteuses. L'excitation le fit frissonner. Il devait mener l'enquête.

Ces pensées lui rappelèrent la raison de sa venue. Le roi Alexander lui avait confié une mission. Le rhum et les trésors de ce bateau ne devaient pas l'en éloigner.

« Nous en saurons davantage quand la guerre sera terminée, lâcha-t-il. En ce qui me concerne, je dois rapporter un mystérieux tonneau au palais. La princesse Séléna a déclaré que sa cargaison en contenait trois.

— Je vais vous mener à la cale. Les membres de l'ancien équipage y sont retenus prisonniers. Enfin, ceux qui ont survécu à la capture du bateau. »

Misha déglutit avec difficulté. Il imaginait sans mal la bataille sanglante qui avait dû se dérouler sur ce navire. L'agréable compagnie de l'amiral lui avait fait oublier l'horreur de la guerre.

Pavel remarqua le malaise de son hôte.

« Nous avons épargné tous les prisonniers, si vous vous posez la question, affirma-t-il.

— Vous ne les avez pas ligotés, fait monter sur une planche et jetés à la mer ? »

L'amiral éclata de rire.

« Nous ne sommes ni des pirates ni des assassins. Nous avons laissé la vie sauve à ceux qui acceptaient de se rendre. Malheureusement, une bonne partie d'entre eux avaient déjà succombé à nos sortilèges. »

Misha hocha la tête. Il n'était pas beaucoup plus rassuré. Ses idéaux pacifistes étaient malmenés par la violence de ces batailles navales.

« Venez, descendons à la cale », l'invita Pavel.

Misha finit son verre pour se donner du courage avant de rencontrer l'équipage ennemi. Malgré les paroles de son hôte, il craignait la scène qu'il serait amené à affronter. Dans quelles conditions terribles étaient-ils détenus ?

« Vous savez, reprit l'amiral en se levant, le supplice de la planche se fait uniquement dans les régions chaudes. Chez nous, l'océan est trop froid pour qu'il y ait des requins. C'est beaucoup moins amusant. »

La cale avait moins d'allure que la cabine du capitaine. L'obscurité était à peine adoucie par des talismans lumineux encastrés dans les murs. Les cristaux dégageaient un halo tremblotant qui éclairait un espace profond, mais bas de plafond.

Misha n'était pas claustrophobe. Pourtant, la descente des marches lui provoqua une certaine angoisse. Ses yeux s'habituèrent lentement au changement de luminosité. Devant lui, l'amiral Pavel se déplaçait avec un chandelier. Le marin avait bien compris le malaise de l'alchimiste, même s'il ne fit aucun commentaire. Par bonheur, le bateau amarré au port tanguait peu. Misha avançait sans craindre de perdre son équilibre. L'humidité glacée collait à ses vêtements. Les odeurs de bois et de sel étaient omniprésentes.

La cale était séparée en deux parties. Dans la première, une dizaine d'hommes étaient attachés à des anneaux en fer. Ils observèrent Pavel et Misha en silence. Aucun d'eux ne dormait ; la lueur des bougies se reflétait dans l'éclat de leurs yeux. Dans la deuxième partie, des sacs de jute formaient un tas compact qui montait jusqu'au plafond. Des poissons fumés et quelques jambons secs étaient accrochés aux poutres par des crochets métalliques.

L'air était saturé d'une odeur de sel et de charcuterie. À vue d'œil, la pièce contenait des provisions en quantité suffisante pour un voyage de plusieurs semaines. Les rebelles avaient chargé leur bateau pour une longue traversée de l'océan.

« La princesse Séléna a parlé de malles et de tonneaux cachés au fond de la cale, raconta Misha. Je suppose qu'ils sont derrière ces piles de sacs…

— Nous allons avoir besoin de renfort. Ne bougez pas, je vais appeler mes hommes. »

Pavel partit en lui laissant le chandelier. Misha se retrouva seul et entouré de ténèbres. Il grelota de froid et d'appréhension.

L'alchimiste finit par regagner la première partie de la cale. Il était gêné par les prisonniers de guerre qui l'observaient avec des grimaces effrayantes, mais la présence humaine chassait quelques-unes de ses angoisses. Il regrettait de ne pas s'être muni d'une poignée de talismans lumineux avant de venir.

Il n'osa pas s'adosser aux planches de bois qui faisaient office de murs. Il ignorait quelles mousses pouvaient y pousser et souiller ses vêtements. Il resta debout en faisant basculer nerveusement son poids d'une jambe à l'autre.

« Vous avez besoin d'un coup de main pour décharger les sacs ? demanda soudain l'un des prisonniers. Nous pourrions vous aider. »

Misha détailla son interlocuteur. Petit et râblé, l'homme avait une cinquantaine d'années. Une barbe grisonnante lui mangeait le visage. Sa peau tannée et ridée laissait peu de doutes sur son activité. Tous les marins portaient les marques cruelles du soleil, du vent et du sel.

« Ne comptez pas sur moi pour vous libérer, souffla Misha. Je ne suis pas stupide. »

Le visage du prisonnier s'élargit d'un sourire édenté.

« Je suis le capitaine du *Trésor*, se présenta-t-il. Je pourrais vous révéler où se cache le coffre à bijoux de la princesse. Vous deviendriez riche…

— Je ne suis pas corruptible, s'offusqua l'inventeur. Je tiens trop à la vie.

— Tout comme moi ! Je suis prêt à trahir ma maîtresse pour sauver ma peau et celle de mon équipage.

— Vous ne risquez rien. Vous êtes simplement détenus jusqu'à la fin de la guerre, qui ne devrait plus tarder. »

La lueur d'un chandelier détourna son regard. L'amiral Pavel descendait dans la cale en compagnie de deux colosses. D'un geste, il leur désigna les sacs qui n'attendaient que leurs bras pour se déplacer.

« Eh bien, seigneur Misha ? fit l'amiral. On dirait que vous avez vu un fantôme.

— Cet homme tentait de me corrompre.

— J'espère que vous avez été suffisamment intelligent pour décliner son offre…

— Évidemment. »

Pavel hocha la tête avec fermeté. Son froncement de sourcils fit frissonner l'alchimiste. Avait-il des doutes sur sa sincérité ? Misha s'empressa de le suivre au fond de la cale.

« Souvenez-vous de moi si vous changez d'avis », susurra la voix du capitaine derrière lui.

Les quatre hommes passèrent l'heure suivante à déplacer les sacs de jute. Le silence se remplit uniquement de leurs soupirs et de leurs gémissements. Ils peinaient à soulever le poids des provisions.

Ils durent dégager deux rangées de sacs avant d'apercevoir des malles cadenassées. Sur l'une d'elles, une liasse de vieux livres était nouée par un cordon de cuir. Un symbole identique ornait chacune des reliures : une étoile de mer à sept branches. Misha poussa une exclamation de surprise en lisant le titre du livre supérieur : *"L'Alchimie du Goût – Poèmes gustatifs et applications, Vol. I"*.

« Un traité d'alchimie ! », s'écria-t-il d'un ton perplexe.

Il s'empressa de dénouer le cordon de cuir. La liasse contenait des grimoires qui exploraient les liens entre l'alchimie et le goût, en trois volumes de taille comparable. Misha ouvrit le premier livre avec excitation. Les pages étaient blanches, comme c'était le cas de tous les grimoires. Leurs propriétaires protégeaient leur lecture par un enchantement qu'il convenait de lever.

« Seigneur Misha ? fit l'amiral près de lui. Je pense que les tonneaux se trouvent encore derrière. »

L'inventeur releva la tête.

« Excusez-moi, dit-il. Je ne m'attendais pas à trouver de tels ouvrages ici. Bien sûr, continuons. »

Il reposa les précieux grimoires sur une malle. Il avait hâte de les déchiffrer. Finalement, le roi lui avait peut-être fait une faveur en l'envoyant sur ce navire.

Les hommes dégagèrent une dernière rangée de sacs avant de découvrir trois tonneaux au bois abîmé. Des coquillages avaient colonisé la surface et les interstices des planches, comme si les tonneaux avaient séjourné dans l'eau. Un cercle en fer les maintenait fermés ; la rouille lui offrait des nuances de rouge et d'ocre. Une énorme huître en cristal reposait sur la face supérieure de chaque tonneau avec une apparente fragilité. Les courbes du quartz épousaient celles d'un véritable coquillage. Des traits de lumière blanche et bleue s'échappaient de l'intérieur et soulignaient ses contours.

« Un talisman protecteur, murmura Misha.

— Connaissez-vous le poème d'ouverture ?

— Non, je l'ignore... Ma mission est de ramener un tonneau au palais, pas d'en tester le contenu. »

L'amiral se tourna vers les deux marins et leur ordonna de transporter un de ces tonneaux jusqu'au palais. L'inventeur prit quant à lui un traité d'alchimie sous son bras.

Lorsqu'ils regagnèrent la première partie de la cale, le capitaine des rebelles éclata de rire devant leur butin.

« Bonne chance ! lança-t-il. Personne ne résiste à ces tonneaux. »

L'amiral Pavel bondit près de lui avec un air furieux.

« Que contiennent-ils ? demanda-t-il. Est-ce du poison ou un explosif ?

— Aucun des deux... et les deux à la fois. »

Il rit à gorge déployée. Cet homme devenait-il fou à cause de sa captivité ?

L'amiral reprit son sang-froid. La journée avait été longue et cette soirée l'avait épuisé. Il invita l'alchimiste à remonter à l'air libre. Dans un murmure, il lui conseilla de faire preuve de prudence :

« Ouvrez-le avec précaution, dit-il en fronçant les sourcils. J'ai un mauvais pressentiment. J'ai bien peur que ces rebelles nous tendent un piège. »

CHAPITRE III

Les oursins se cueillent avec délicatesse
En évitant piquants et excès de vitesse.
Ils sont de l'océan le plaisir, le piment,
L'aventure d'un plat et un fin condiment.

« Traits d'esprit »
L'Alchimie du Goût – Poèmes gustatifs et applications, Vol. I

Misha doutait du caractère inoffensif de la cargaison des rebelles. Les remarques de l'équipage et des prisonniers lui semblaient trop mystérieuses pour être anodines. Par mesure de précaution, il conseilla au roi et à ses ministres d'interdire à la princesse de murmurer le moindre sortilège près du tonneau. Son contenu pouvait réagir à l'enchantement et s'avérer dangereux.

Alexander suggéra de l'ouvrir à la hache, mais l'ancienne régente Soniska tempéra l'impatience de son fils et le rendit à la raison. L'énorme huître en quartz, aux lèvres épaisses et ourlées, empêchait tant l'ouverture du fût que sa destruction. Elle nourrissait un enchantement protecteur, un tissu de poésie qu'il convenait de dénouer avec subtilité.

Misha accepta d'effectuer quelques tests pour écarter toute menace potentielle. Ses connaissances alchimiques lui offraient un avantage sur les autres mages du royaume : il maîtrisait des poèmes capables d'absorber toute forme de magie dans des obsidiennes, même une décharge explosive. L'alchimie limiterait les effets d'un piège tendu par les rebelles, s'il en existait un…

Dès l'aube, il fit transporter par sécurité le tonneau dans les sous-sols du palais, où les murs épais pouvaient contenir une éventuelle explosion. Il passa la journée à examiner le tonneau abîmé d'une croûte de coquillages et de petites huîtres. Seul un séjour prolongé dans la mer pouvait expliquer le développement de ces reliefs calcaires.

Il lança de nombreux sortilèges pour tenter de traverser la protection du talisman. Des gouttes de magie lumineuse pouvaient d'ordinaire s'infiltrer dans les interstices du bois. Cette fois, les planches cerclées de fer restèrent désespérément hermétiques.

Misha testa diverses potions pour attaquer la surface du tonneau. Il avait installé un bureau provisoire dans les sous-sols et un établi bancal où ses alambics fumaient en continu pour distiller ses préparations. Des volutes de vapeur s'enroulaient en spirales et léchaient les voûtes en pierre. Des liquides colorés bouillonnaient dans des fioles de verre, où trempaient des cristaux de quartz qui diffusaient leur magie. Hélas, ses potions réussirent seulement à dissoudre une partie des coquillages en calcaire et à enlever la rouille des anneaux de fer.

L'alchimiste essaya même de poser un cataplasme de plantes broyées, de salpêtre et de poudre d'obsidienne, avant d'y mettre le feu à l'aide de magie calorique. La pâte s'enflamma dans une fumée noirâtre qui le fit suffoquer. Elle ne laissa aucune trace sur le tonneau.

À la fin de la soirée, l'inventeur s'étira avec mauvaise humeur. Ses yeux étaient rouges et douloureux à force de travailler dans une semi-obscurité. L'humidité du sous-sol et l'odeur aigre des moisissures agressaient sa gorge. Près de lui, un oiseau-lyre se matérialisa dans un halo argenté.

« Un dernier sort avant d'abandonner ? suggéra son djinn.

— Je n'aurais pas dû promettre l'impossible, grommela-t-il. *Ce sortilège est plus complexe que la serrure d'un coffre-fort !*

— Tu ferais un très mauvais voleur d'huîtres… »

Misha lui lança un regard offusqué.

« Ce n'est pas drôle, lança-t-il. *Le roi va être furieux.*

— *Tu avais promis d'évaluer le danger que ce tonneau représentait, pas de l'ouvrir,* affirma Ji'Lyr plus sérieusement. *Tes expériences ont montré l'absence d'un sortilège explosif. Cette huître en quartz dévie toute énergie, mais elle n'en produit aucune. Essaye donc une dernière fois d'absorber son champ protecteur.* »

Misha soupira et haussa les épaules. Il fouilla dans ses affaires pour récupérer une obsidienne de la taille d'une prune. Des reflets argentés brillaient en arcs de cercle sur sa surface polie, aussi noire qu'une nuit sans lune. Il sentait l'absence de magie qui agitait l'intérieur de la pierre, une sensation de néant, une impression de vide qui ne demandait qu'à se remplir.

Les obsidiennes étaient dangereuses. Des années de formation étaient nécessaires pour devenir un membre à part entière de la guilde des alchimistes. Les sortilèges qui invoquaient la magie des talismans classiques ne nécessitaient qu'un soupçon de poésie, mais l'alchimie était d'une subtilité sans égale. Elle exigeait des alexandrins parfaits. Une erreur de prononciation pouvait être désastreuse. Les accidents étaient fréquents, comme son prédécesseur en avait fait les frais – si l'incendie qui avait précipité sa mort n'était pas de nature criminelle, ce qui n'avait pas été déterminé…

L'inventeur secoua la tête pour éloigner ces pensées sinistres. Rester trop longtemps dans ces caves avait un effet néfaste sur son moral. Il se concentra sur le dernier souffle de poésie qui lui offrait encore un peu d'espoir.

Il frotta la gemme noire, murmura **« GOUFFRE »** et songea aux *mâchoires angoissantes de l'obscurité.* Une étincelle de magie jaillit de sa paume et traversa la pierre. Il s'approcha pour la poser sur l'huître en quartz, mais une vague magnétique le repoussa violemment. L'obsidienne lui échappa des mains et roula au sol.

« Encore ! », s'écria-t-il avec mauvaise humeur.

Il avait épuisé ses connaissances en matière de sortilèges et de poésie. Cette barrique restait imperméable à ses tentatives d'intrusion.

« Tu as fait de ton mieux, assura Ji'Lyr.

— Cette explication ne suffira pas au roi Alexander… Il va être d'une humeur exécrable.

— Comme d'habitude ! Rentre donc te reposer. Tu ne l'affronteras pas avant demain matin. »

Le génie se dissipa et regagna son talisman.

Misha se rendit à la raison. Il commença à nettoyer ses alambics et refermer ses grimoires. À leur vue, il songea avec dépit qu'il n'avait pas encore eu l'occasion de déchiffrer le traité d'alchimie qu'il avait trouvé à bord du *Trésor.* Cette journée était passée si vite…

Des bruits de pas résonnèrent dans les caves voûtées avant qu'il ait terminé de ranger. La lueur des torches vacilla lorsqu'un homme entra dans la pièce. Grand et mince, le nouveau venu avait les cheveux aussi pâles que son teint. Un pendentif en émeraude ornait son cou, comme une touffe de duvet de col-vert.

« Seigneur Misha, s'inclina Isidore. La nuit est tombée. »

Le valet lui apportait un panier garni de victuailles. L'alchimiste soupira à sa vue.

« Des restes, maugréa-t-il. Je suppose que la cour s'est empiffrée autour d'un festin en riant de ma déveine.

— Détrompez-vous, l'ambiance de ce soir était affreusement pesante. Des musiciens itinérants sont arrivés en fin de journée pour proposer leurs services. Ils ont interprété des airs mélancoliques qui ont accablé tous les convives.

— Tant mieux, c'est déjà ça… »

L'alchimiste retira le panier des mains de son valet et souleva le tissu qui le recouvrait.

« De la tourte au faisan, *encore !* »

L'odeur de viande tiède lui retourna l'estomac. Il n'avait aucune envie de dîner dans ces souterrains lugubres et fétides. Son regard se posa sur le tonneau couvert de coquillages. Avant d'affronter la colère du roi, il devait s'assurer d'avoir tout tenté pour l'ouvrir. Alexander lui reprocherait de ne pas avoir interrogé la seule personne responsable de sa misérable situation : une princesse captive et volontairement mystérieuse. Ses chances de la persuader de lui livrer ses secrets frôlaient le néant, mais il devait ravaler son amour-propre pour la rencontrer.

« Suis-moi, Isidore. Nous finirons de ranger mes affaires plus tard. Nous allons rendre visite à notre prisonnière. »

Le domestique lui emboita le pas.

« La princesse Séléna ? Je doute que Sa Majesté ait autorisé les visites !

— Le roi va s'impatienter si je ne parviens pas à ouvrir ce maudit baril. Je ne vois pas d'autre solution que de questionner notre invitée. »

L'alchimiste et son valet traversèrent les souterrains en silence, sous les voûtes aux pierres humides et poussiéreuses. Misha n'était pas mécontent de quitter la solitude de ces lieux sinistres. Son idée n'en paraissait que meilleure à ses yeux.

La température augmenta lorsqu'ils remontèrent à la surface, malgré les courants d'air qui glissaient le long des couloirs du palais et qui glaçaient ses habitants. Les pièces de vie étaient les seules à posséder le luxe d'une cheminée ou d'un écran de magie aérienne. En dehors, les tapis et les tentures essayaient vainement de contenir le froid.

Les prisonniers étaient détenus dans une chambre de l'aile nord, l'extension la plus éloignée de la forteresse. Les rayons du soleil n'y pénétraient qu'en été. Le roi Alexander leur avait épargné les cachots, mais leurs conditions de détention n'étaient guère plus enviables…

Deux gardes protégeaient l'accès aux portes. Chacun d'eux portait un sceptre en bois sur lequel était enchâssée une boule de quartz fumé, dont la lueur argentée trahissait une forte réserve de magie. Leur grimace menaçante reflétait l'ordre ferme de leur souverain.

« Personne ne rentre », grogna le plus effrayant du groupe.

L'alchimiste se racla la gorge. Il ne comptait pas laisser ces monstres analphabètes lui barrer la route.

« Je vous félicite pour l'ardeur que vous mettez dans votre mission, déclara-t-il avec conviction. Le roi avait de bonnes raisons de vous confier cette tâche. »

Misha désigna du doigt son valet.

« Je suis accompagné d'Isidore, un expert en sortilèges défensifs.

— Nous n'avons besoin de personne.

— Je n'en doute pas. Cependant, je préfère qu'il soit à mes côtés pendant que je m'entretiendrai avec les prisonniers. Deux précautions valent mieux qu'une. »

Les soldats se regardèrent avec hésitation.

« Seigneur Misha, Sa Majesté nous a ordonné de garder cette porte fermée.

— Votre mission est d'empêcher trois rebelles de s'échapper, nuança-t-il. Arrêtez-les s'ils profitent de ma venue pour tenter de s'évader, mais ne faites pas obstacle à l'enquête que je mène sous les ordres du roi. Croyez-moi, ces étrangers nous cachent des secrets qui risquent de nous coûter cher si nous les découvrons trop tard. »

L'alchimiste eut un geste agacé en direction de la porte.

« Allez, le temps presse ! »

Les gardes acceptèrent de déverrouiller la chambre. Misha entra d'un pas vif. Isidore eut à peine le temps de se faufiler avant que la porte ne claque derrière lui. Les clés tournèrent dans la serrure avec un tintement métallique.

La pièce était sobrement meublée. La princesse et son protecteur étaient assis sur des tabourets branlants, près de l'unique fenêtre. Un rideau de velours noir limitait l'intrusion glacée de l'air nocturne. La troisième rebelle, la femme de chambre de Séléna, était recroquevillée sur un lit de fortune.

La princesse tourna ses yeux bleus en direction de l'alchimiste. Son front se plissa avec étonnement.

« Le roi Alexander aurait-il fait deux nouveaux prisonniers ? lança-t-elle.

— Pas à ma connaissance, rétorqua Misha. Je suis venu de mon plein gré, en mission pour Sa Majesté.

— Votre compagnon n'a pas l'air de votre avis…

— Isidore est mon domestique et garde du corps.

— Vous êtes ici par la volonté d'un tyran brutal et colérique, dit-elle avec ironie. Niez-vous l'évidence ? Vous êtes le prisonnier d'Alexander et Isidore est le vôtre. »

L'alchimiste haussa les yeux au plafond. Cette princesse commençait déjà à l'exaspérer. Elle n'avait pas tort, mais jamais il ne lui aurait donné raison.

Il se frotta les mains pour dissiper sa gêne et dégeler ses doigts. Une minuscule cheminée peinait à réchauffer l'atmosphère. Le roi, dans sa magnanimité, leur avait laissé quelques bûches pour survivre à la morsure de l'hiver. Misha aurait apprécié un bon thé brûlant… Ses pensées se raccrochèrent difficilement à l'objet de sa venue.

« Princesse, nous avons rapporté un tonneau de votre cargaison au palais. J'ai tenté de défaire le sortilège qui le maintient scellé, sans succès. Le roi Alexander a suggéré de me prêter une hache, mais je ne peux m'y résoudre.

— Quelle idée lumineuse ! se moqua-t-elle. Le roi est d'une subtilité étonnante, n'est-ce pas Valérian ?

— Cette méthode barbare serait efficace, sourit son protecteur, mais elle n'a aucun intérêt. Le contenu du tonneau serait définitivement perdu.

— J'en suis bien conscient, confirma Misha. Le roi va cependant s'impatienter et l'huître en cristal risque bientôt de voler en éclats. »

La princesse haussa les épaules et renvoya ses cheveux blonds en arrière. Misha ne put s'empêcher de s'attarder sur la blancheur de son cou. Une fine chaîne en or portait un pendentif qui reposait sur sa poitrine, une perle ovale qui ressemblait à un petit œuf de nacre. Son Talisman Totem scintillait légèrement.

Il n'avait pas remarqué à quel point la jeune femme était gracieuse. Ses vêtements brûlés et sales dissimulaient une beauté toute particulière. Son regard bleu turquoise croisa celui de Misha, comme si elle lisait dans ses pensées. Ses yeux lui criaient cette évidence : elle n'avait rien à faire dans cette chambre aux allures de prison.

« Ce n'est pas le moment de rêvasser, pépia un oiseau-lyre dans sa tête. *Reprends-toi ! »*

L'alchimiste se racla la gorge.

« Vous avez annoncé que ce tonneau contenait une précieuse marchandise, reprit-il. M'en direz-vous davantage ? »

La jeune femme se pencha et lui proposa une autre forme d'échange.

« Oubliez ce tonneau, dit-elle avec ardeur. Aidez-nous à quitter cette geôle et je vous couvrirai de diamants.

— Je suis assez riche pour décliner votre offre, se défendit-il vivement. Ne perdez pas votre temps à essayer de me corrompre. Aucun de vos arguments ne pourra me convaincre.

— Vous ne les avez pas encore entendus… Revenez me voir, seul, et je vous dévoilerai les secrets capables de vous couvrir de gloire. Nos ancêtres étudiaient l'alchimie à un degré bien plus élevé que vous l'imaginez. Nos bibliothèques recèlent d'anciens grimoires qui vous feraient pâlir d'envie. »

Misha manqua un battement de cœur.

« J'ai trouvé des traités d'alchimie sensitive dans votre navire, marmonna-t-il dans sa barbe. J'ignorais l'existence de telles connaissances.

— Ces ouvrages sont le trésor de notre famille, mais ils n'ont à nos yeux qu'une valeur marchande. Ce sont des traités de recherche que seul un membre de votre guilde peut comprendre. Nous n'avons plus d'alchimiste dans nos îles depuis des lustres… Les pages sont illisibles. »

L'inventeur secoua la tête.

« Je réussirai à les déchiffrer, jura-t-il.

— Comme vous avez réussi à ouvrir le tonneau ? se moqua la princesse. Vous êtes un alchimiste de renom, mais je doute de votre capacité à défaire les enchantements qui les protègent. Vous ne seriez pourtant pas déçu de leur contenu. Ils datent d'une époque où votre art était à son apogée. De nos jours, vous n'utilisez l'alchimie que pour enchanter des diamants et créer des armes. »

Elle s'approcha de lui et parla à voix basse.

« Aidez-nous, murmura-t-elle, et je vous offrirai les grimoires de votre choix. Nous avons d'autres traités d'alchimie sensitive qui ont fait la gloire de notre peuple. Nos légendes me laissent penser que leur lecture changera votre vision du monde. Imaginez des poèmes *tactiles* qui vous permettent de sculpter à main nue, de soigner sans douleur les fractures d'un patient, de dénouer les tensions du corps d'une simple caresse… Imaginez des poèmes *olfactifs* qui éloignent les loups et les bêtes sauvages, qui dispersent les odeurs des cuisines, qui diffusent dans la ville le parfum des champs de fleurs environnants… »

Ses paroles enflammaient l'imagination de l'alchimiste. Si cette princesse disait vrai, Misha pouvait apprendre des secrets qui exploraient la magie des cinq sens, des formules qui attendaient depuis des siècles d'êtres redécouvertes.

Près de lui, Isidore était aussi rigide qu'une statue. Le domestique lui rappelait par sa posture tendue que cet entretien l'emmenait sur un terrain dangereux. En aucun cas Isidore ne devait remettre en question sa loyauté envers le royaume. Comme tous les membres du personnel du palais, il était les yeux et les oreilles du roi.

« Le roi Alexander ne m'a pas missionné dans ce but, lâcha-t-il à regret. L'alchimie sensitive est séduisante, mais j'attendrai la fin de la guerre pour en découvrir davantage, avec ou sans votre concours. Vous ne me direz donc pas ce que contient ce tonneau recouvert de coquillages ?

— Non, trancha Séléna d'un ton catégorique. Détruisez-le pour le découvrir, si le cœur vous en dit. J'ai proposé au roi de l'ouvrir devant lui, pas de vous révéler le poème pour le faire vous-même.

— Nous pensons que c'est un piège. »

Elle haussa les épaules.

« Alors, retournez à votre travail, lança-t-elle d'un ton sévère. J'ai tout mon temps. Jusqu'à preuve du contraire, nous allons passer un moment dans ces superbes appartements.

— C'est regrettable. J'espérais trouver avec vous un terrain d'entente.

— Pour quelle raison ? Vous n'avez aucun pouvoir dans ce palais. J'aurais accepté de négocier avec votre roi, pas avec son domestique. »

L'alchimiste se raidit sous l'insulte. Il chercha du soutien auprès d'Isidore, mais le jeune homme ne laissait transparaître aucune émotion. Lui, pourtant si prompt à se courber devant son maître... Son esprit semblait paralysé par le venin de cette princesse captive.

Il était temps de mettre fin à ce combat stérile. Misha la salua avec raideur avant de se détourner. Il quitta les prisonniers avec un sentiment d'échec cuisant.

La convocation matinale du roi Alexander ne le surprit pas. Misha n'aurait jamais dû rendre visite aux prisonniers sans son accord. Les gardes avaient probablement prévenu le monarque de cette incursion nocturne.

L'alchimiste longea les couloirs envahis d'une horde de domestiques affairés à astiquer et lustrer le parquet avant le réveil des courtisans. Leur ferveur témoignait de l'intransigeance de leurs maîtres. Chaque rayure du bois, chaque tache sur le sol était sanctionnée au prix fort. Tous les serviteurs étaient libres de quitter leur emploi, mais le maigre salaire qu'ils touchaient restait supérieur à ce qu'ils pouvaient obtenir ailleurs. Travailler au palais de Borya était un privilège indiscutable.

Le cabinet de travail du roi se trouvait au sommet d'une tour qui dominait l'aile est. Les tapis de laine rouge qui agrémentaient d'ordinaire les marches de l'escalier étaient roulés et dressés à la verticale contre les parois. Misha grimaça en glissant sur le bois tout juste ciré. Il monta en redoublant de prudence et en s'aidant de la corde qui courait le long du mur externe.

Le danger de cette escalade matinale l'inquiétait autant que la requête du roi et ses probables reproches. L'alchimiste avait perdu une journée entière dans les caves du palais. L'huître en cristal était restée imperméable à la magie de ses sortilèges ; elle avait même gagné en luminosité, comme une insulte silencieuse à son art. Les rebelles des îles Liberté savaient préserver leurs secrets…

Deux hommes armés jusqu'aux dents gardaient la porte du cabinet de travail. L'inventeur se recoiffa rapidement et épousseta sa tunique, avant de frapper sur le battant de bois. La réponse du roi ne se fit pas attendre.

« Si c'est encore elle, renvoyez-la ! », rugit Alexander.

Misha hésita une seconde. Un des gardes haussa les épaules, avec un demi-sourire qui exprimait sa solidarité avec le malheureux alchimiste. Il semblait rassuré de ne pas devoir entrer lui-même.

Misha enclencha la poignée et ouvrit la porte avec un soupçon d'appréhension. Il détestait affronter le roi, en particulier lorsqu'il était de mauvaise humeur.

« Ah, c'est vous ! Approchez. »

L'alchimiste s'avança et salua son souverain. Alexander était assis derrière un bureau en acajou qui disparaissait sous une montagne de parchemins. Un bouquet d'épis de blé éclairait un coin du meuble. Une plume d'oie était posée près de trois toupies en diamant, le passe-temps préféré du roi – un jeu aux règles simples et pour lequel la force était déterminante.

« Je craignais de voir entrer ma vieille mère, confia le monarque. J'ai volontairement fait retirer les tapis pour la dissuader de grimper jusqu'ici. Ses sermons me fatiguent. »

Sa remarque n'attendait aucun commentaire. Tous les membres de la cour connaissaient la lutte de pouvoir qui se disputait entre l'ancienne régente et son fils.

Alexander se redressa sur son siège. Son corps trapu était une superposition de couches de graisse, de muscles et de cuir. Il se gratta la barbe d'un air pensif.

« Misha, vous savez sûrement pourquoi je vous ai convoqué ici.

— Je devine un rapport avec les rebelles des îles Liberté, Votre Majesté », bafouilla son invité.

Le roi pointa le doigt dans sa direction.

« Votre intuition est excellente, approuva-t-il. Je préciserai qu'il s'agit des prisonniers que nous hébergeons gracieusement depuis leur capture.

— Je n'aurais pas dû leur rendre visite cette nuit, s'excusa l'alchimiste. Je pensais les convaincre de m'aider à ouvrir le tonneau qui occupe toutes mes pensées.

— Avez-vous réussi ? »

L'autre secoua la tête avec dépit. Sa gorge nouée l'empêchait de répondre.

Le monarque écarta une pile de parchemins et lança une toupie sur son bureau. Il regarda la pointe en diamant tourner sur elle-même et renvoyer mille reflets sur les murs. Les vibrations se propageaient à la surface du bois dans un frottement sourd. Alexander attendit qu'elle soit retombée avant de lever la tête. Ses sourcils broussailleux étaient froncés, témoins d'une intense réflexion.

« Invitons la princesse Séléna à déjeuner, ce midi, dit-il d'une voix profonde. Nous l'affamons depuis sa capture. La nourriture et le vin lui délieront la langue. »

Misha n'osait pas bouger. Avait-il vraiment entendu ce que son roi suggérait ? Il doutait sérieusement de l'efficacité de sa proposition.

« Mon fils est revenu des Monts Tempêtes, continua Alexander. Vous lui demanderez de nous rejoindre. C'est une bonne occasion pour lui montrer les différents moyens de persuader un ennemi à livrer ses secrets. Cela renforcera sa vivacité d'esprit. »

L'alchimiste s'inclina sans se prononcer sur l'intelligence de la famille royale. Il savait apprécier les qualités d'un dirigeant et oublier celles qui lui faisaient défaut.

Le souverain lança une deuxième toupie et l'observa avec attention. Comprenant que l'entretien était terminé, Misha recula pour quitter le bureau. Il ne souhaitait pas s'attarder plus que nécessaire. Il était soulagé de ne pas avoir subi de remontrances, même s'il ne se l'expliquait pas.

Alexander l'interpella au moment où il touchait la poignée en laiton.

« Misha, vous avez fait preuve d'inventivité et d'engagement pour notre royaume, ce qui vous a permis de devenir mon alchimiste personnel. Vous logez dans ce palais depuis trois semaines. Êtes-vous satisfait de votre situation ?

— Je le suis, Votre Majesté.

— Suis-je assez généreux avec vous ?

— Vous l'êtes, mon roi. »

Le monarque hocha la tête d'un air grave. La toupie en diamant créait des étincelles sur son visage.

Ses yeux noirs s'illuminèrent brièvement.

Chapitre IV

Orge et blé, seigle, avoine, autant de céréales
Qui d'arômes brillants, d'aurores boréales,
Révèlent des palais par leur luminescence,
Le lustre, l'apparat et la magnificence.

« Étoiles des mers »
L'Alchimie du Goût – Poèmes gustatifs et applications, Vol. I

Une douce lumière zénithale entrait par les fenêtres et illuminait les tables. Les convives attendaient la fin du discours du roi pour s'attaquer au banquet.

Alexander semblait décidé à reprendre l'histoire de la guerre contre les îles Liberté depuis son commencement, deux mois plus tôt. Ses paroles tissaient une épopée lyrique maillée de combats héroïques – et pour la plupart imaginaires. Ses ministres n'étaient pas dupes, mais ils écoutaient le récit de leur souverain avec admiration.

« … nos marins ont risqué leur vie pour la reconquête d'un peuple ingrat qui bafouait notre autorité… »

Le prince Démagore se trouvait à la droite du roi. D'une vingtaine d'années, le corps taillé dans un roc de granit, il avait hérité du dédain de sa grand-mère et de la sauvagerie de son auguste père. Sa mère avait tenté de lui inculquer des valeurs morales plus élevées, mais elle avait été emportée par une pneumonie dans les premières années de son enfance.

Ses yeux noirs étaient rivés aux plats fumants qu'il s'apprêtait à dévorer. Les aristocrates se moquaient en secret de la symbolique du talisman qui frottait contre son torse, une plume de perdrix en jaspe. Les dirigeants du Royaume Aérien trouvaient généralement leurs djinns totems dans les nids d'oiseaux plus dignes.

« … la flotte royale a lutté contre les éléments et les pièges vicieux de nos ennemis… »

L'ancienne régente ne cachait pas son agacement. Soniska pianotait bruyamment sur la table avec ses doigts couverts de bagues. Son cou se noyait sous une rivière de diamants et un pendentif orné d'une plume de chouette en argent, qui ne symbolisait pas la sagesse, mais le goût du sang et la férocité des rapaces nocturnes. Ses proies n'avaient jamais vécu assez longtemps pour menacer son règne.

« … nos vaisseaux ont traversé la brume pour défendre la gloire du royaume… »

Misha était le seul de la cour à ne pas feindre l'extase devant le discours du monarque. Encore une fois, ses pensées vagabondaient loin de la stratégie politique qui rythmait la vie du palais. Il déplorait le temps perdu à déjeuner avec tous ces aristocrates dans l'espoir d'arracher ses secrets à une princesse captive.

Il regrettait aussi de constater que les cuisines avaient de nouveau préparé leur spécialité : du faisan dans toutes ses déclinaisons possibles. Tourtes, gratins, soupes et ragoûts… L'alchimiste rêvait de punir les cuisiniers pour leur manque d'originalité et leur obstination, en les transformant à leur tour en volatiles gloussants.

« … nos soldats ont capturé une princesse dont le sort repose désormais entre nos mains. »

Le géant leva soudain les bras d'un geste théâtral et les portes de la salle s'ouvrirent en grinçant. Les regards de l'assemblée se braquèrent sur les trois prisonniers qui entrèrent sous bonne garde.

Ils avaient troqué leurs vêtements abîmés pour des habits traditionnels en coton blanc. Le blason du royaume de Borya était tissé près du cœur : un triangle formé par trois plumes de faucon crécerelle et entouré d'un cercle d'or. Leurs cheveux avaient été lavés et coiffés, sobrement, mais en accord avec la mode en vigueur dans la capitale. Leurs visages ne portaient plus de traces de sang ou de cendres ; seul Valérian avait encore une estafilade rouge en travers de la joue.

Des murmures étonnés s'élevèrent lorsque la princesse captive s'avança. Le tissu de sa robe resserrait sa taille et dévoilait la beauté de ses formes. Une cascade de cheveux blonds dévalait sa nuque et finissait en tresse dans le bas de son dos. Ses yeux avaient l'éclat bleuté de la glace, comme deux perles d'eau pure brusquement refroidies.

La jeune femme marcha dignement vers la famille royale. Son port de tête était fier et gracieux. Elle traversa la salle avec la majesté d'un cygne sur un lac paisible. Silencieuse, elle s'arrêta et dévisagea le roi. Son regard n'avait aucune animosité ; il était calme… et glacial.

Alexander remua sur son siège. L'élégance de la princesse le prenait par surprise. Comment avait-il pu ne pas la remarquer plus tôt ? Elle n'avait aucun maquillage, aucun bijou en dehors d'un œuf de nacre monté en pendentif, mais son charme naturel lui coupait le souffle. Il n'avait jamais soupçonné l'existence d'une telle beauté dans les îles gelées qui défiaient l'érosion des tempêtes et d'un océan rugissant.

Le souverain n'avait pas autant voyagé que ses aïeux. Il se complaisait dans son palais venteux et les forêts qui entouraient sa forteresse. Avait-il raté d'autres trésors de grâce et de féminité ? Alexander avait perdu son épouse des années plus tôt, mais il avait peu à peu retrouvé le goût des femmes. Les plus belles avaient assez d'intelligence pour venir jusqu'à lui et exhiber leurs appâts. Il savait toujours comment récompenser leur présence et leurs offrandes. Il ignorait que certaines préféraient garder l'anonymat dans des villages de pêcheurs.

Il prit soudain conscience du silence qui s'était installé. Il se racla la gorge bruyamment pour reprendre contenance.

« Princesse, annonça-t-il de sa voix profonde, prenez place avec nous. J'ai pensé que vous pourriez apprécier un bon repas.

— Je vous en remercie, déclara-t-elle. Mon régime est des plus maigres depuis mon arrivée. »

Séléna lui fit une courte révérence, assez longue pour respecter le protocole, mais sans baisser le regard. Elle s'installa en face de lui d'un mouvement assuré. Elle savait qu'elle était sa prisonnière, mais elle refusait obstinément de lui montrer sa soumission. Elle semblait cependant moins agressive qu'à son arrivée.

Un ballet de domestiques vint dresser la table devant les trois nouveaux convives. Valérian crispa les poings en sentant le fumet des plats caresser ses narines. Sa princesse ne voulait pas crier haut et fort qu'elle était affamée, tandis qu'il usait lui-même de toute sa volonté pour ne pas se jeter sur la nourriture.

Le roi mit fin à son calvaire en levant son verre.

« Mangez, buvez ! dit-il avec bonhomie. Que le vin coule à flots ! »

Les courtisans trinquèrent d'un même geste en louant sa santé. Le cliquetis des couverts et le bruissement des conversations remplirent bientôt la salle. Le prince Démagore piqua d'une fourchette la volaille la plus proche et y planta ses crocs avec appétit. Un filet de graisse coula le long de son menton.

Le roi engagea une discussion animée avec son voisin de table sur leur dernière partie de chasse. Le gibier pullulait dans les espaces boisés de la région. La saison automnale était propice pour débusquer les sangliers et les daims à la recherche de nourriture. La cour organisait des expéditions régulières pour se divertir et conquérir de nouveaux trophées.

Ce répit permit aux trois rebelles de se restaurer en silence. Ils écoutèrent prudemment les discussions des convives autour d'eux. La princesse Séléna goûta de la tourte avec parcimonie, tandis que son garde et sa femme de chambre se délectaient de la chair sombre d'un faisan. Ils étaient soulagés d'apaiser leur faim. Leur jeûne forcé prêtait des qualités gustatives incomparables à ces plats pourtant rustiques.

Le roi Alexander s'intéressa à ses invités quand les domestiques commencèrent à débarrasser les tables pour amener de nouvelles victuailles. Il s'appuya contre son siège et apostropha la belle princesse qui lui faisait face.

« J'espère que vous appréciez ce repas, lança-t-il. J'ai promis à votre frère de prendre soin de vous en échange de son abdication.

— Je suppose qu'il a refusé, murmura la jeune femme.

— Il n'a pas répondu, pour être exact. J'en suis désolé pour vous. »

Son sourire indiquait le contraire. Un tic nerveux agita son œil gauche, comme à chacun de ses mensonges.

En vérité, sa lettre était parvenue à son destinataire. Il avait fait savoir au roi des îles Liberté qu'il tenait sa sœur captive. Le rebelle avait répondu en exigeant une preuve de sa bonne santé avant d'entamer les négociations. Alexander ne souhaitait pas confier l'évolution de ce rapport de force à Séléna, pour la maintenir dans une position inconfortable et la forcer à révéler ses secrets.

« Je suppose que vous ne mangez pas autant de viande dans les îles Liberté, reprit le souverain.

— Nous sommes un peuple de pêcheurs, confirma la princesse. Les forêts sont moins denses dans notre archipel ; nous n'avons guère de gibier pour égayer des parties de chasse. Vous seriez déçu de vous y installer. »

Le souverain rit de sa répartie.

« Ne vous inquiétez pas, assura-t-il, je ne convoite pas ces îles pour trouver de nouveaux terrains de chasse. Parlez-moi plutôt des richesses que vous cachez à la couronne. Nous avons tous été surpris d'arraisonner un vaisseau aussi somptueux que le vôtre. Les produits de votre pêche et vos élevages d'huîtres perlières n'expliquent pas ce mystère. Vos activités de négoce échapperaient-elles au contrôle de nos douaniers ?

— Nos partenaires commerciaux sont d'une grande générosité, éluda-t-elle.

— C'est un euphémisme... De quels autres cadeaux vous ont-ils gratifiés ? Ces tonneaux scellés par des talismans aquatiques en font-ils partie ?

— La vérité est ailleurs. Puisque vous nous faites la bonté de nous offrir ce repas, je pense qu'il est temps de vous raconter l'origine mystérieuse de ces tonneaux. »

Elle tourna la tête vers son garde du corps qui acquiesça discrètement. Elle se leva, gracieuse, et posa brièvement la main sur son Talisman Totem. Les ministres tendirent l'oreille.

« Vous dédaignez depuis toujours nos îles rocailleuses et desséchées, lança-t-elle d'un ton accusateur. Tous les habitants du Royaume Aérien se moquent des pêcheurs qui luttent pour survivre dans un archipel battu par les vents... Nous sommes la risée de la capitale et des provinces du royaume. Ce ne fut pourtant pas toujours le cas. »

Son visage s'adoucit d'un sourire.

« Des ruines témoignent d'une occupation précédente par un peuple riche et puissant. Nos légendes racontent qu'un jour, hommes, femmes et enfants ont disparu dans les profondeurs de l'océan en emportant leurs sortilèges et leurs secrets. Certaines familles de pêcheurs en sont les descendants, restés en arrière et seuls témoins de cette incroyable migration. Ils se transmettent leur histoire avec émerveillement... À chaque nouvelle lune, ils racontent la naissance des sirènes et des premières cités englouties. »

La princesse balaya l'assemblée du regard.

« Cette civilisation détenait des sortilèges inconnus qui lui permettaient de construire des bâtiments au plus profond de l'océan. Détenteurs de magie aquatique, ils utilisaient des conques et d'autres coquillages cristallisés pour respirer sous l'eau. Leur capitale n'était pas bâtie sur les falaises de notre île ; elle se dressait à quelques encablures de sa baie sableuse, à l'abri des courants marins. Leurs jardins n'étaient pas remplis d'oiseaux et de fleurs colorées, mais d'algues et de poissons argentés.

— Personne n'a jamais vu de sirènes, contra la reine Soniska avec rudesse.

— Nous pensions également qu'il ne s'agissait que d'une légende, avoua Séléna. Les pêcheurs racontent d'étranges histoires pour tromper leur peur et leur ennui. Leurs récits sont peuplés de chimères et de dragons des mers… Tout a changé lorsque nous avons mis au point une Rime permettant de plonger profondément sous la surface de la mer. »

Des murmures enflèrent dans la salle. Les plus célèbres poètes n'écrivaient que quelques rimes utiles par an. Il fallait une grande agilité mentale pour y parvenir.

« Ne mentez pas ! s'emporta l'ancienne régente. Des pêcheurs analphabètes seraient bien incapables d'inventer un sortilège aussi puissant !

— Je ne suis pas en position de vous mentir, rétorqua la princesse, en particulier à vous, Votre Majesté… Votre influence sur le gouvernement du Royaume Aérien est notoire. Je ne me risquerais pas à offusquer celle qui partage les rênes du pouvoir avec son fils. »

Alexander se raidit à cette annonce. Il était le *roi* ! Il gouvernait seul. La régence n'était qu'un vieux souvenir, en dépit de la volonté de sa mère à s'immiscer dans les décisions du Conseil. Cette princesse barbare ravivait des tensions déplaisantes.

Séléna ne lui laissa pas le temps de réagir.

« Votre gouvernement a toujours dédaigné les îles Liberté, reprit-elle, alors que notre communauté est ancienne et riche de talents. Nos poètes trouvent leur inspiration dans l'histoire de notre archipel et ses paysages singuliers.

— Des rochers et des moules ? », se moqua la vieille femme.

Le roi foudroya sa mère du regard. Ses interventions empêchaient la princesse de continuer son histoire. Il profita de l'occasion pour lui rappeler son autorité.

« Ce midi, gronda-t-il, cette jeune femme est mon invitée, au même titre que tous les convives de cette table. Ne me forcez pas à en changer la liste. »

Mortifiée, la reine Soniska fit une grimace ombrageuse et joua nerveusement avec son pendentif. D'un geste, Alexander invita la princesse à poursuivre.

« Mon peuple avait oublié cette Rime, reprit-elle. La poésie nous a rendu cet héritage. Les mots secrets étaient cachés dans un chant traditionnel que nos marins ont coutume d'entonner avant un long voyage. Nous avons redécouvert un monde sous-marin, des terres qui jadis étaient occupées par les nôtres. Nos explorateurs ont trouvé des ruines englouties par le sable et les algues. Il s'agissait d'une ville entière. »

De nouveaux murmures de surprise emplirent la salle.

« Ces légendes sont difficiles à croire, rétorqua Alexander. En supposant qu'elles aient existé, pourquoi les sirènes se seraient-elles installées dans ces eaux glacées ? Elles auraient migré là où l'océan est plus chaud, au large du Sultanat Calorique ou de la Jungle d'Émeraude.

— Votre raisonnement est juste, Votre Majesté, approuva Séléna avec un sourire de connivence. Nous avons partagé les mêmes réflexions. Nous n'avions aucune trace écrite pour comprendre la vie de ce peuple et leur système économique. Plus précisément, nous n'en avions aucune jusqu'à ce que nous trouvions une mystérieuse épave au fond de l'océan… »

La princesse se tut, le temps de boire une gorgée d'eau. L'assemblée était suspendue à ses lèvres. Seul Valérian, près d'elle, fronçait les sourcils d'un air tendu.

« La facture de ce vaisseau indiquait son appartenance à un royaume inconnu, déclara-t-elle. Son blason présentait une étoile de mer à sept branches… Nous l'avions déjà vu sur des antiquités héritées de nos ancêtres. Les habitants des mers étaient-ils également des navigateurs ou s'agissait-il de commerçants venus d'ailleurs ? Nous n'aurons jamais la réponse à cette question. Nous pouvons cependant en déduire qu'ils entretenaient une activité de négoce avec le monde extérieur. Devinez-vous les marchandises qu'ils commercialisaient ? »

La princesse lança un regard appuyé à l'alchimiste du roi qui se sentit rougir. Son sourire lui chauffait les joues.

« Le tonneau, murmura Misha. Vous l'avez trouvé dans cette épave ! »

Elle confirma sa remarque d'un hochement de tête.

« Je comprends mieux pourquoi il est aussi rouillé et couvert de coquillages, s'enhardit l'alchimiste. Comment le bois a-t-il pu résister à plusieurs siècles d'érosion ?

— Son sortilège de protection l'a maintenu dans son état originel, affirma Séléna. Son contenu n'a pas été altéré.

— Comment pourriez-vous le savoir ? lança le roi. Même mon meilleur alchimiste n'a pas réussi à l'ouvrir.

— La clé de certains trésors est parfois la délicatesse, pas la brutalité. »

La princesse eut un regard ironique en direction de Misha. Il n'eut pas le temps de se défendre.

« Le talisman qui empêche l'ouverture du fût est une huître perlière, expliqua Séléna. Plus vous tentez de l'ouvrir, plus son étau se resserre. Il faut l'amadouer avec une extrême douceur. »

Alexander eut un geste agacé vers son alchimiste.

« Vous auriez pu le deviner, tempêta-t-il. Vous vous êtes acharné pour rien, à grand renfort de potions brûlantes et de sortilèges explosifs ! De la *subtilité*, Misha ! Qu'on apporte ce tonneau ! »

L'inventeur se raidit. La mauvaise foi du monarque le heurtait. Son djinn était du même avis.

« Lui qui voulait le détruire à la hache, marmonna son oiseau-lyre dans sa tête. *Et il ose parler de subtilité ! »*

Misha devait cependant ravaler sa rancœur. La vie politique du palais blessait souvent l'amour-propre de ses acteurs.

« Votre Majesté, plaida-t-il, vous ne pouvez pas vous exposer ainsi. Il s'agit peut-être d'un piège ou d'une arme !

— Je vous donne ma parole d'honneur, affirma la princesse. Ce tonneau n'est pas dangereux. Je suis prête à l'ouvrir devant vous. Je vous propose en échange d'adoucir nos conditions de détention et d'envoyer une nouvelle lettre à mon frère. La première s'est sans doute perdue... Les pigeons voyageurs n'aiment pas traverser l'océan. »

Le roi fronça ses épais sourcils.

« Tout dépendra du contenu de ce fût, lâcha-t-il. Je suis curieux de découvrir ce qu'il a conservé si longtemps au fond de l'eau. Si cela présente un quelconque intérêt pour notre royaume, je réfléchirai à votre demande.

— Sachez cependant que cela ne changera rien à l'issue de cette guerre, rappela l'ancienne régente en sortant de son mutisme. Vous êtes la princesse d'un peuple de rebelles. Vos sujets seront décimés s'ils ne nous prêtent pas allégeance. »

Séléna acquiesça. Son regard étincelait d'intelligence.

Un groupe de soldats partit en direction des caves de la forteresse. Les convives murmuraient avec excitation. Pourquoi des hommes avaient-ils colonisé le fond de l'océan ? Qu'avaient-ils à marchander qui méritait de s'installer près de ces îles gelées ?

Misha avait perdu l'appétit. Il profita de cette accalmie pour observer avec attention la princesse et ses compagnons. Séléna semblait sereine, mais sa femme de chambre gardait la tête baissée et Valérian avait la mâchoire crispée. Était-ce dû à son rôle de garde du corps ou à un reste de sa formation militaire ? Misha soupçonnait un mauvais tour de la part de ces rebelles. Il ne croyait pas une seule seconde aux histoires de cette prisonnière qui prenait un malin plaisir à le tourner en dérision. Il regrettait que le roi ne soit pas plus prudent. Hélas, son obstination ne laissait pas de place à la discussion. Alexander pensait, à tort, être suffisamment protégé au sein de son palais.

Les soldats rapportèrent le tonneau sur le lieu du banquet. Les ministres tendirent le cou pour observer ce trésor trouvé au fond de la mer. Le bois abîmé, couvert de coquillages, semblait confirmer l'histoire de Séléna. L'énorme huître perlière qui le couronnait était taillée dans un cristal de roche étincelant. Ses reflets bleutés la rendaient presque vivante.

« Nous avons trouvé d'autres objets dans cette épave, raconta la princesse, comme des vêtements et des articles en textile abîmés par l'humidité et le sel. Seuls certains objets étaient protégés par des sortilèges. Ils ont survécu au passage du temps, notamment d'étranges tapisseries… Tissées par des artisans extraordinaires, elles dépeignent des scènes mythologiques qui justifient le choix des hommes à vivre sous la surface de la mer. »

Elle s'approcha du tonneau. Avec délicatesse, elle caressa le coquillage en cristal et murmura quelques mots. Une douce lumière apparut entre ses doigts, en réponse à son poème. Sous les yeux ébahis de l'assemblée, l'huître géante s'ouvrit lentement. Une grosse perle noire brillait dans son écrin de nacre.

La princesse souleva le talisman qui se détacha du bois avec un bruit sec. Elle le déposa sur la table, devant le regard médusé de la famille royale. Les convives purent admirer l'étrange cristal et son trésor parfaitement lisse.

« Les sirènes fabriquaient et échangeaient des perles ? s'étonna Alexander. Je dois admettre que cette couleur de jais est surprenante.

— Les tapisseries ne s'attardent pas sur la création de ces magnifiques perles, le détrompa Séléna. Ces huîtres géantes ne servaient apparemment qu'à clore les tonneaux et les protéger de l'agression de l'océan. Voulez-vous découvrir le véritable trésor des sirènes ? Venez goûter au contenu de ce fût. »

Misha ne put s'empêcher d'intervenir.

« Votre Majesté, vous n'y pensez pas ! s'exclama-t-il. Vous ne pouvez pas prendre un tel risque !

— Je n'y comptais pas, lâcha le roi d'un ton maussade. Mon cher alchimiste, vous avez à cœur de me protéger, mais vous semblez me croire dénué de toute prudence. Ma confiance dans notre invitée est évidemment limitée. »

Il se tourna vers Séléna.

« Vos légendes ont excité ma curiosité, avoua-t-il. Cependant, je ne voudrais pas donner raison à mon dévoué alchimiste si vous tentiez de m'empoisonner.

— Que gagnerais-je en vous tuant ? rétorqua-t-elle. Une mort plus rapide ? Je suis à votre merci. Je vous offre au contraire ce secret pour que vous envisagiez des négociations avec le nouveau roi des îles Liberté.

— Nous ne reconnaissons pas sa légitimité ! Il ne gouvernera plus longtemps vos terres. Je ne baisserai pas les armes avant sa capitulation !

— Pardonnez la dureté de mes paroles, mais vous péchez par ignorance. Le contenu de ce tonneau changera votre point de vue sur mon peuple. Vous trouverez intérêt à négocier avec lui plutôt qu'à l'anéantir. Je vous assure que ce breuvage ne vous laissera pas indifférent. »

L'ancienne régente tapa sur la table.

« Assez parlé ! s'agaça-t-elle. Goûtez cette boisson, qu'on en finisse ! »

Séléna s'inclina avec grâce. Elle appela un domestique pour qu'il amène une louche et de nouveaux verres. Elle en proposa un au roi, mais Alexander refusa poliment.

« Le seigneur Misha sera mon goûteur, annonça-t-il simplement. Il est de loin le meilleur magicien de ma cour. Heureusement, les poisons n'ont aucun secret pour lui, car je serais terriblement attristé de le perdre aujourd'hui. »

Un tic nerveux agita son œil gauche.

La princesse adressa un regard amusé à l'alchimiste qui maudissait une nouvelle fois sa malchance. Au fond de lui, il savait qu'il ne pourrait pas en être autrement. Plus il s'efforçait de prévenir le roi d'un quelconque danger, plus la rancœur du monarque à son égard se renforçait.

Misha se leva avec mauvaise grâce. Il n'avait guère envie d'être au centre de l'attention ou la risée de l'assemblée. Il rejoignit la princesse à proximité du tonneau, enfin ouvert. Un trou s'était creusé là où se trouvait le coquillage un peu plus tôt. L'inventeur se pencha avec précaution. Il ne croyait pas aux légendes d'un prétendu peuple des mers, mais il était intrigué, en dépit de ses réticences.

Le tonneau contenait un liquide foncé, puissamment aromatique. Misha n'identifia pas ses arômes, mais une note sucrée caressa ses narines. Il ne sentit aucune amertume qui aurait trahi une quelconque menace. Étant donné que certains poisons étaient inodores, il récupéra une obsidienne dans la paume de sa main pour parer à toute éventualité.

Séléna lui sourit. Il ne put s'empêcher de remarquer le dessin subtil de ses lèvres et la finesse du grain de sa peau.

« Je doute que vous ayez déjà goûté une telle merveille, murmura-t-elle. Je vous assure que cette boisson ne présente aucun danger. Nous allons boire ensemble et votre plaisir égalera le mien. »

La princesse plongea la louche dans le tonneau. Elle en préleva un liquide ambré, aux reflets d'or, et remplit deux verres avec générosité. Elle en tendit un à l'alchimiste qui fit valser doucement la texture sirupeuse contre les bords. Des traces épaisses et transparentes s'y maintinrent un moment. Avec un dernier sourire enchanteur, Séléna fit sonner son propre verre contre le sien.

« À la santé des sirènes ! », s'amusa-t-elle.

Misha n'avait pas le choix. Il ferma les yeux, le cœur battant, et trempa ses lèvres dans la boisson.

Une tempête de saveurs assaillit sa bouche. Les premiers arômes qu'il sentit étaient fruités et gorgés de soleil. Pêche, coing, abricot ? Une certaine acidité se dégageait du liquide, mais elle s'équilibrait à merveille avec les autres arômes. Des notes de miel et d'agrumes se développèrent sur son palais.

Il n'avait jamais goûté une boisson aussi radieuse et douce. Peu alcoolisée, elle avait la légèreté d'une bière artisanale. Elle offrait pourtant la richesse aromatique d'un rhum arrangé et un goût subtil de céréales – orge, seigle ? Sa langue était pleine de saveurs multiples et délicieuses.

L'alchimiste avala lentement sa première gorgée. Une pointe d'oxydation lui piquait le nez. Il eut les larmes aux yeux en sentant ce nectar libérer des notes florales et plus amères, comme une liqueur de plantes oubliée dans une cave depuis des décennies, sans la moindre sensation d'alcool.

Son esprit connaisseur était délicieusement confus. Son palais lui hurlait mille plaisirs entremêlés.

« C'est exquis », murmura-t-il avec émotion.

Il ne put s'empêcher d'essuyer une larme qui coulait sur sa joue. Son regard se perdit dans la contemplation du visage de la princesse. La beauté de cette jeune femme le charmait autant que son trésor marin.

« Nous avons baptisé cette boisson le Nectar'Miel, annonça la princesse. C'est un cadeau laissé en héritage par nos lointains ancêtres. »

Le ravissement de Misha n'était pas passé inaperçu. Le roi Alexander s'était déjà levé pour s'approcher, un verre prisonnier de sa main de géant.

CHAPITRE V

Le corail s'éveille ! Quand la roche fleurit,
Le fond des mers devient une immense prairie
D'anémones charnues, étoffes de couleur,
Aux arômes de miel, de lavande et de fleurs.

« Roses des sables »
L'Alchimie du Goût – Poèmes gustatifs et applications, Vol. I

Misha se réfugia dans sa tour dès la fin du repas. Il souriait encore au souvenir du surprenant nectar des rebelles. Le roi avait trempé ses lèvres dans la boisson avant d'inviter le reste de sa cour à l'imiter, au mépris de toute prudence et au grand dam de l'alchimiste. À quoi bon lutter contre la curiosité de la noblesse ? Goûter ce breuvage était un privilège. Il occultait les délices du banquet et sa ribambelle de faisans sacrifiés.

L'inventeur ressassa les annonces extravagantes de la jeune femme tout l'après-midi. Ces légendes de sirènes n'avaient aucun sens. Respirer sous l'eau était une douce folie… Bloquer sa respiration plus longtemps que la normale était envisageable pour de simples hommes, avec des cristaux de magie aquatique et des poèmes appropriés, mais au prix d'un coût énergétique démesuré.

L'invocation de toute magie dépendait de talismans dont la valeur marchande pouvait s'avérer très élevée selon les saisons et leur rareté. Aucune activité n'était suffisamment rentable pour compenser les achats de talismans aquatiques. Aucune civilisation humaine, aussi puissante fût-elle, ne pouvait se développer au fond de l'océan sans se ruiner.

Ce raisonnement rognait son enthousiasme et l'incitait à la méfiance. En quoi ce fabuleux nectar pouvait-il aider la princesse à se libérer ou à changer l'issue de la guerre ? S'il ne contenait pas de poison, quels secrets cachait-il ? Les motivations de Séléna lui échappaient. Leur prisonnière avait volontairement jeté un voile de mystère sur ce tonneau et son contenu.

Misha écarta ses doutes pour se plonger dans son travail. Sa dernière expérience nécessitait de fondre de l'acier et une poignée d'obsidiennes sous la forme d'un barreau de la longueur d'une main. L'opération était délicate et demandait une grande attention. Il connut un instant de frayeur en sentant la chaleur irradier d'une telle force qu'il se mit à transpirer à grosses gouttes sous sa tunique. Il réussit heureusement à maîtriser la fusion sans incendier ses appartements. Satisfait, il s'épongea le front et laissa refroidir son invention sur une table.

Il consacra les dernières heures de la journée à tenter de déchiffrer le premier volume de *"L'Alchimie du Goût – Poèmes gustatifs et applications"*. Les vieux grimoires étaient généralement protégés par des sortilèges qui ne résistaient pas longtemps au contact d'une obsidienne, à condition de déterminer la nature des différentes couches de magie superposées.

Son art subtil nécessitait concentration et calme absolu. Sur son bureau, les alambics fumaient en distillant de l'eau de mer. Misha avait plongé une obsidienne dans chacune des fioles en verre. Murmurant des poèmes dans sa barbe, il lançait sort après sort pour brûler la magie des minéraux naturellement dilués dans l'eau, les faisant étinceler comme des paillettes multicolores. Il plaçait alors le vieux livre dans les vapeurs qui s'échappaient des alambics pour observer leur effet sur la coloration des pages. Il notait le résultat de ses recherches dans son propre grimoire, à la reliure de cuir et orné du blason du Royaume Aérien.

L'inventeur avait réussi à défaire une poignée de sortilèges lorsque ses appartements se mirent à rougeoyer à la lumière du soleil couchant. Le cœur léger, il s'accorda une pause bien méritée. Il s'accouda à sa fenêtre pour profiter de cet instant enchanté où le disque solaire disparaissait derrière les montagnes. Ses pensées s'imprégnèrent de la poésie du paysage.

Des vagues roses s'écrasaient, mollement, sur une mer de nuages.

Ses obligations l'avaient empêché d'admirer cette beauté pendant plusieurs jours. Il se réjouissait de renouer avec cette tradition qui n'était pas seulement une lubie, mais aussi une composante essentielle de son travail.

L'horizon glissait, en flammes, vers de montagneux rivages.

La guerre avec les îles Liberté l'avait placé au centre d'une effervescence néfaste pour son art minutieux. Mettre au point de nouveaux sortilèges était pour lui d'une facilité déconcertante, mais il aimait peaufiner chaque détail de rythme ou de prononciation… Il ne cessait de répéter qu'une concentration totale était nécessaire pour créer des sorts de qualité. Aucune distraction ne devait le troubler pendant ses recherches. Il n'avait jamais caché, aux yeux de quiconque, que son inspiration lui venait particulièrement dans la contemplation du coucher du soleil. Il partageait cette disposition avec certains poètes qu'il croisait parfois dans les couloirs du palais, un sourire béat illuminant leur visage.

Un petit mois se serait bientôt écoulé depuis sa nomination et son arrivée dans la forteresse, mais Misha avait le sentiment d'en avoir passé plusieurs en compagnie du monarque et de ses ministres. La pression qu'il avait subie était particulièrement forte… Il craignait malheureusement que cette situation ne perdure au fil du temps, même si la guerre contre les rebelles était sur le point de se terminer.

La capture de la belle Séléna avait accéléré les événements. Le roi Alexander était persuadé de sa victoire, mais sa flotte était encore immobilisée à quelques encablures des îles Liberté. L'obstination des pêcheurs était remarquable. Misha ne s'en étonnait plus après avoir rencontré leur princesse et son caractère bien trempé.

Lorsque le soleil disparut à l'horizon, Misha renonça à poursuivre ses expériences. Une certaine chaleur se dégageait du vieux grimoire ; il convenait de le laisser refroidir. L'inventeur s'affala dans son fauteuil avec un soupir fatigué. Il songeait à déboucher une bouteille de vin quand un oiseau-lyre se matérialisa sur son accoudoir et ébouriffa ses plumes argentées.

« Tu as raison, se moqua son djinn. *Boire du vin t'aidera sûrement à découvrir ces fameux poèmes gustatifs.*

— Je n'ai pas le courage de continuer mon travail ce soir.

— Quel dommage que ce ne soit pas un traité sur la paresse ! »

Misha fit un geste de la main pour chasser l'oiseau de son fauteuil. Le génie s'envola et se posa sur une table. Il donna un coup de bec sur une pile de parchemins.

« Quand tu auras la force de te relever, dit-il, *n'oublie pas d'ouvrir la lettre de la guilde. Je parie qu'il s'agit encore d'une invitation à dîner avec tout le gratin habituel.*

— Tout ça pour me soutirer des informations sur le roi ou sur l'avancée de mes recherches.

— Tu es trop pessimiste ! Ils veulent peut-être profiter de ta joyeuse compagnie… »

Le ton moqueur de l'oiseau-lyre ne lui échappa pas. Son djinn le taquinait souvent. Il haussa les yeux au ciel avec un désespoir feint.

Il connaissait suffisamment la guilde des alchimistes pour s'en méfier. Leur but était de promouvoir par tous les moyens l'utilisation des obsidiennes. Ils possédaient le monopole sur ces gemmes capables de recharger en magie les talismans classiques. La consommation de talismans augmentait naturellement les ventes d'obsidiennes… Toute dépense de magie était donc bonne à prendre. Peu leur importait que ce soit en incitant le gouvernement à entrer en guerre avec ses voisins.

Malheureusement pour eux, Misha était aussi habile pour inventer un sortilège que pour éconduire leurs propositions en prétextant une affaire urgente ou une indigestion. Il n'avait jamais partagé l'ambition et la quête de richesse qui rongeaient le cœur de certains de ses confrères. Son indépendance vis-à-vis de la guilde lui offrait une plus grande liberté dans la poursuite de ses propres idéaux. Enfin, quand son souverain ne détournait pas ses découvertes pour en faire des armes…

« J'espère que les îles Liberté vont se rendre, songea-t-il. *On ne me demandera plus d'ensorceler des flèches pour les archers du roi…*

— Ne dévoile à personne ta dernière découverte, dans ce cas. »

Il désigna du bec l'objet métallique qui reposait sur la table.

« Tu penses que l'acier a assez refroidi ? demanda Misha.

— Tu le saurais si tu trouvais l'énergie de quitter ton fauteuil… »

L'inventeur grommela dans sa barbe.

« Des fois, je me demande pourquoi je t'ai choisi comme djinn totem. Tu prends du plaisir à me tourmenter.

— C'est par amour, tu le sais bien. »

Misha soupira une nouvelle fois. Il se leva pour tester sa dernière création, le barreau formé par la fusion d'acier et de petites obsidiennes. En fondant, les gemmes noires avaient tracé des ellipses et des courbes fascinantes, comme d'obscurs tatouages sur une peau de métal. Il décrocha un des cristaux qui éclairaient la chambre, un épi de blé en quartz, et murmura **« BLÉ »** en songeant à *l'éclat brûlant d'une moisson d'étoiles.* La lumière gagna en intensité jusqu'à devenir éblouissante.

Il plissa les yeux et mit en contact le talisman avec son invention. Sa luminosité décrut rapidement. L'alchimiste fut satisfait de ne voir aucune poussière magique résiduelle se dégager dans la pièce. Rien ne témoignait de l'échange énergétique qui se produisait entre les deux objets.

Son expérience était concluante. Ce matériau formait une protection efficace contre la magie lumineuse que les forgerons et les artisans invoquaient pour couper et façonner le métal. L'incrustation d'obsidienne compensait la fragilité naturelle de l'acier face aux célèbres sortilèges de l'Empire Lumineux. L'alliage absorbait la magie sans se tordre ni se briser.

Misha reposa son invention en s'interrogeant sur ses applications possibles. Alexander risquait de l'utiliser pour créer des javelots ou pour changer les barreaux des cachots… Il valait mieux taire cette invention pour l'instant, le temps d'en imaginer de meilleurs usages.

Quelqu'un frappa à sa porte. Par prudence, l'inventeur dissimula le barreau enchanté sous un pan de tissu. La poignée tourna à son invitation et la porte s'ouvrit sur le visage de son valet.

« Seigneur Misha, vous êtes attendu dans la salle du Conseil, annonça Isidore. Le roi a besoin de vos lumières. »

Le domestique jeta un regard perplexe sur la pièce plongée dans une semi-obscurité.

« Si vous n'en avez pas besoin vous-même », nuança-t-il.

Sur la table, l'oiseau-lyre émit un trille joyeux que seul Misha pouvait entendre.

« S'il y a une chose que j'apprécie vraiment dans ta nouvelle vie au palais, s'exclama le génie, *c'est la clairvoyance de ton domestique. »*

La salle du Conseil était sobrement meublée d'une table ovale et de chaises rembourrées. Un buffet en marqueterie était couvert de parchemins et de liasses de documents en attente d'être traités. Le roi Alexander étudiait une lettre en compagnie de ses deux plus proches conseillers.

Le plus grand d'entre eux était Leivik, le ministre de la Guerre, réputé pour son sens du détail et sa discipline. La mâchoire carrée, il avait le sourire d'un homme fier de sa musculature alors qu'il approchait de la cinquantaine. Une ancienne bataille lui avait laissé une cicatrice en croix sur la joue droite. Sur son torse brillait une chaîne où pendait un bec d'aigle en or massif.

L'autre était plus petit et bien en chair. Lemil, le ministre de l'Économie, avait cessé de lutter contre son surpoids depuis bien longtemps. Il avait le teint rougeaud et l'air débonnaire. Il portait autour du cou une plume de pélican en or blanc. Ses lunettes rondes n'avaient pas de verres, mais deux pétales de rose cristallisés qui lui permettaient d'ajuster sa vision selon sa volonté, une faculté avantageuse lorsqu'il fallait vérifier d'épais livres de comptes remplis de pattes de mouche.

L'inventeur entra et fit une rapide révérence. Il tressaillit lorsqu'une odeur rance de transpiration lui frappa les narines. Le souverain et ses conseillers n'avaient pas quitté la pièce de toute la soirée.

« Ah, Misha ! s'exclama le roi. Venez nous rejoindre ! »

L'alchimiste prit place près du *« bon gros Lemil »* comme ses confrères s'amusaient à l'appeler en secret. Il identifia aussitôt la source principale des odeurs corporelles qui embaumaient la pièce.

« Vous prendrez bien un verre ? », l'invita Alexander.

Le roi s'empara de la carafe bombée qui trônait sur le bois. Elle était pleine d'un liquide ambré dont les arômes étaient maintenus prisonniers par un gros bouchon de liège. L'intérêt de l'inventeur grandit lorsque le maître des lieux le souleva ; brusquement, mille fleurs parfumées s'ouvrirent pour ravir son odorat et exciter ses papilles.

« Du Nectar'Miel ! s'exclama-t-il en souriant.

— J'ai confisqué le tonneau des rebelles, confirma Alexander. Les rumeurs sur cette petite merveille enchantent déjà tout le palais. Le Conseil devait prendre une décision à son sujet.

— C'est plus prudent. Il vaut mieux en étudier un échantillon avant de trop en consommer.

— J'aurais aimé vous donner raison, mais cette carafe est malheureusement tout ce qu'il en reste. »

L'alchimiste en resta bouche bée. La princesse Séléna n'avait ouvert le fût qu'en milieu de journée et Misha aurait pu jurer qu'il était plein. Il ne formula pas les pensées désabusées et accusatrices qui traversèrent son esprit, mais son silence n'échappa pas au roi.

« Ce nectar est peu alcoolisé, se justifia Alexander en grattant sa barbe épaisse. J'en ai goûté un peu et mes ministres ont bu le reste. »

Leivik et Lemil hochèrent la tête avec enthousiasme.

« Sa Majesté a raison, appuya le ministre de la Guerre. C'est une boisson extrêmement légère.

— On sent surtout le fruit », renchérit son confrère avec un sourire.

L'alchimiste n'en revenait pas. La gaieté qui animait leur regard prenait brusquement un autre sens. Les membres du Conseil avaient englouti un tonneau entier de Nectar'Miel.

« Je suis heureux d'apprendre qu'il n'y avait aucun danger à en boire, commenta-t-il avec sarcasme. Votre journée d'étude a été particulièrement efficace.

— Ne vous fâchez pas, Misha ! rit le monarque. Regardez : nous vous en avons laissé. »

L'inventeur se désespérait de leur absence de prudence. Ces hommes auraient dû se méfier d'une boisson ramenée par des rebelles qui défiaient leur gouvernement. Il n'avait lui-même aucune confiance dans les manigances de la princesse Séléna et de ses complices. Et si ce nectar contenait un sortilège d'accoutumance, comme certaines boissons artisanales ?

« Vous souhaitiez me voir, Majesté ? demanda-t-il pour revenir au motif de sa visite.

— Vous êtes un érudit et un expert en magie, affirma le roi. Nous souhaitions avoir votre avis sur l'histoire de ce breuvage avant d'imaginer ce que nous pourrions en faire.

— À part le boire ? »

Misha trempa ses lèvres dans la boisson ambrée. D'exquises saveurs fruitées enchantèrent sa bouche. Ce nectar était un cadeau des dieux, mais son goût extraordinaire renforçait ses soupçons.

« Je ne crois pas aux sirènes, affirma-t-il. Aucun poème ne peut aider à la construction d'une cité sous-marine. Je pense que la princesse Séléna nous endort par de beaux mensonges et des légendes séduisantes.

— Pour quelle raison ? rétorqua Leivik en faisant craquer ses phalanges. Nous n'allons pas cesser la guerre pour autant.

— Elle doit avoir un plan. »

Le souverain ricana.

« Mon bon Misha, vous êtes trop méfiant, le jugea-t-il. Cette jeune femme est notre prisonnière. Sa capture l'a empêchée de parvenir à ses fins et de vendre ses marchandises aux royaumes voisins. Elle essaie simplement de nous amadouer pour mieux négocier la reddition de son peuple.

— Avec des contes pour enfants ?

— Preuve en est qu'elle a attisé notre curiosité… Et si ses légendes étaient vraies ? J'aimerais en apprendre davantage sur les sortilèges maîtrisés par ces rebelles. J'ai honte de penser que ces pêcheurs de morue et ces chasseurs de phoques chantent une poésie plus subtile que les mages de mon royaume. Je vous charge de continuer votre enquête auprès de nos prisonniers. »

Les épaules de l'alchimiste s'affaissèrent. Il accepta son sort, la mort dans l'âme.

« Les îles Liberté ont plus de ressources que nous le pensions, renchérit Lemil en se resservant un dernier verre. Des poèmes permettant de respirer sous l'eau pourraient aider au développement de nos exploitations ostréicoles : nos plongeurs ne seraient plus dépendants de la marée pour vérifier la santé des huîtres. Nos pêcheurs de crustacés pourraient aussi optimiser la disposition de leurs casiers au fond de la mer. À nous les homards bleus et les tourteaux des sables !

— Comment convaincre les rebelles de nous livrer leurs secrets ? se plaignit Misha.

— Par la force, s'il le faut ! s'exclama le monarque. Ils ne tarderont plus à plier l'échine. Leurs sortilèges seront bientôt les nôtres. »

Alexander se rapprocha de la cheminée qui chauffait la pièce. Il tisonna le feu avec brusquerie et fit jaillir des gerbes d'étincelles rougeoyantes.

« Je vais adresser un ultimatum au roi des rebelles pour lui réaffirmer ma détermination, annonça-t-il. Nous devons lui rappeler que la vie de la princesse Séléna est entre nos mains. Une lettre de la princesse devrait suffire à le rassurer sur sa santé. Elle est notre meilleur argument pour le forcer à se soumettre et terminer cette guerre avant que nous ne soyons tous ruinés. »

L'alchimiste s'alarma aux paroles du roi.

« Quel est l'état de nos finances ? osa-t-il demander.

— Terrible, soupira Lemil en nettoyant distraitement les talismans de ses lunettes. Les dépenses militaires coûtent cher à la couronne. Il est temps d'en finir.

— La princesse Séléna ignore qu'elle nous a donné une raison de persévérer, avança le ministre de la Guerre en souriant. Leurs sortilèges exotiques pourraient compenser nos pertes économiques. Il est nécessaire de nous en emparer. »

Alexander se frotta les mains.

« Ne tardez pas, Misha, dit-il. Je compte sur vous pour nous rendre riches. »

Misha s'octroya le luxe d'une nuit de repos avant d'affronter les prisonniers dans leurs appartements isolés.

L'alchimiste remarqua qu'un nouveau lit meublait la pièce et qu'un brasero enchanté la réchauffait, en complément de sa petite cheminée. Suite au déjeuner de la veille, Alexander avait accepté d'améliorer les conditions de détention des trois rebelles.

« Votre roi a récompensé notre coopération, déclara la princesse Séléna en devinant ses pensées. Il semble avoir apprécié le Nectar'Miel.

— Comme tous ses ministres et moi-même, avoua l'alchimiste. J'ignore si vous avez fait preuve de bonne volonté ou de ruse.

— À vous de me le dire…

— Vous jouez un jeu dangereux, princesse. »

La jeune femme haussa les épaules. Près d'elle, son protecteur semblait du même avis que Misha. Ses sourcils restaient froncés devant l'attitude de sa maîtresse. Il frottait ses mains avec agacement.

« Je suppose que vous n'avez pas encore déchiffré le traité d'alchimie sensitive, lança Séléna.

— Cela ne saurait tarder.

— Permettez-moi d'en douter. Il a été écrit par mes ancêtres avant qu'ils ne disparaissent dans les profondeurs de l'océan. Ce serait un exploit qui certes vous couvrirait de gloire, mais qui exigerait une grande dépense de magie brute.

— Je ne suis pas intéressé par la gloire. Je prendrai le temps nécessaire pour dénouer les protections du grimoire avec la même subtilité que vous m'avez reproché de ne pas posséder. »

Misha s'approcha de la fenêtre. Le soleil était timide, ce matin. Ses rayons illuminaient à peine les parois du gouffre qui s'étendait aux pieds de la forteresse et qui lui valait le nom de Palais Suspendu. Plus loin, une muraille cachait la ville de Borya qui s'éveillait doucement. Des soldats chaudement vêtus se relayaient sur le chemin de ronde.

L'inventeur n'avait aucune envie de prolonger cet entretien. Cette pièce était sombre et humide.

« Les sirènes n'ont jamais existé, affirma-t-il soudain. Cette mythologie n'a aucun fondement.

— Vous êtes un érudit. Vous savez que les anciens textes contiennent souvent une part de vérité, même s'ils la cachent au milieu de légendes merveilleuses et de récits fantasques. Ne croyez-vous donc pas aux dieux ?

— Si, bien sûr. Les religions s'appuient sur des miracles reconnus. La magie n'est pas apparue d'elle-même…

— Alors, ne rejetez pas ce qui vous semble impossible au premier abord. Apprivoisez cette part de surnaturel qui nous côtoie au quotidien. »

L'alchimiste se tourna vers elle. La jeune femme lui souriait sans animosité. Ses cheveux d'or caressaient ses joues au teint d'albâtre. Le manque de lumière ne rendait pas honneur à son charme exceptionnel. Si les sirènes existaient, elle aurait pu en être la reine…

Misha se racla la gorge.

« Rester sous l'eau demanderait trop d'énergie, se défendit-il. Un talisman chargé de magie pourrait aider un plongeur à bloquer sa respiration quelques minutes, mais je ne peux pas croire que des hommes-poissons aient un jour existé. Aucune civilisation humaine ne peut vivre sous l'océan ou construire une cité sous-marine. Nous le saurions.

— Je vous ai dit tout ce que je savais sur ce mystérieux peuple. Aurais-je inventé les bibelots et les tapisseries que vous avez vus sur mon navire ? N'avez-vous pas goûté au délice du Nectar'Miel ? Expliquez-moi pour quelle raison je vous aurais menti.

— Je l'ignore encore, mais je n'ai pas confiance en vous. Je craignais que vous essayiez d'empoisonner le roi, mais ce n'était visiblement pas le cas… Je soupçonne cependant ce nectar d'être particulièrement addictif ou d'avoir des effets secondaires sur le long terme.

— Son taux d'alcool est faible, assura-t-elle. Les courtisans du palais sont habitués à des boissons plus fortes. La magie n'est certainement pas étrangère à sa fabrication, mais je suis persuadée qu'elle ne sert qu'à enrichir son goût et développer ses arômes.

— Vous êtes trop sereine pour ne pas manigancer quelque chose. »

L'alchimiste observa les trois rebelles. Les prisonniers étaient calmes et attentifs. Il remarqua brusquement leur port altier et une certaine arrogance dans leur regard. Une idée traversa son esprit. Étaient-ils tous issus de la noblesse, contrairement à ce qu'ils avaient annoncé lors de leur capture ? Même la femme de chambre de Séléna avait des mains blanches et délicates.

« J'ignore pour quelle raison vous êtes ici, déclara-t-il à voix haute. Vous n'auriez jamais quitté la protection de votre île dans le simple but de vendre au Royaume Végétal quelques bijoux, de vieux grimoires et trois tonneaux de Nectar'Miel – aussi exquis soit-il. Pourquoi étiez-vous sur ce vaisseau somptueux, en pleine guerre et à portée de notre flotte militaire ? Pourquoi vos cales étaient-elles remplies de provisions ?

— La princesse a agi avec imprudence, intervint Valérian. Elle a dédaigné l'avis de ses conseillers qui souhaitaient qu'elle reste à l'abri. Nous étions conscients des risques de ce voyage. »

Séléna balaya le mécontentement de son protecteur d'un geste gracieux de la main.

« Soyez plus précis, mon cher Valérian, se moqua-t-elle. Mon frère et souverain m'a *interdit* de partir, mais j'étais convaincue de trouver des alliés en mettant le cap au sud, vers des royaumes plus pacifiques. Nous sommes des commerçants avant d'être des pêcheurs. Nos clients ont tout intérêt à ce que nous soyons une nation indépendante, libre de négocier les prix de ses marchandises sans la charge d'impôts farfelus. J'ai voulu tenter ma chance, mais les vents n'ont pas été cléments.

— Je ne comprends pas que vous ayez emprunté votre plus beau navire pour longer nos côtes…

— Le plus beau ? »

Elle sourit à Valérian, qui resta de marbre.

« Le *Trésor* n'est pas le fleuron de notre flotte, affirma-t-elle. Le *Courage* est plus imposant encore, sans compter le *Foudre* qui peut défier les plus fortes tempêtes.

— Je suis surpris, avoua l'alchimiste. Vos îles ne sont connues que pour vos pêches miraculeuses, vos huîtres perlières et dans une moindre mesure vos bottes en peau de phoque. Comment votre fortune a-t-elle pu échapper à notre connaissance ?

— Ne soyez pas si naïf, seigneur Misha ! Votre roi ne nous a pas déclaré la guerre par hasard. L'année dernière, alors que les îles Liberté étaient encore une province du Royaume Aérien, Alexander a doublé nos taxes pour renflouer les caisses exsangues de la couronne. Nous avons commis l'erreur de les payer sans rechigner. Il a compris qu'il avait sous-estimé nos richesses et qu'il pouvait nous en extorquer davantage… Il a triplé nos taxes. »

Elle redressa la tête avec fierté.

« Voilà six mois que nous refusons ces impôts injustes, déclara-t-elle. Nous n'avons pas à payer pour les caprices dispendieux d'un tyran ! Nous avons déclaré notre indépendance pour fuir ces exigences. Grâce à nos activités de négoce, nous sommes autonomes et notre économie est plus florissante que la vôtre. Nous avons tout pour revendiquer le statut de nation indépendante. Mes parents ont été couronnés, au nom d'un royaume neuf et béni par l'océan. Leur règne fut bien trop court, hélas… »

La princesse se tut sur ces mots. Son silence rappelait que la guerre l'avait laissée orpheline.

L'alchimiste était gêné par ces confidences. Il comprenait mieux l'enthousiasme d'Alexander pour ce conflit qui pouvait lui offrir de précieuses ressources financières. C'était un homme brutal et parfois cruel, mais il était trop pragmatique pour engager son armée sans raison. S'il avait conscience de l'étendue de leurs richesses, le monarque se gardait bien de le révéler… Il s'apprêtait sans doute à mettre la main sur le butin sans dévoiler à son peuple sa véritable valeur. La famille royale avait la fâcheuse coutume de grossir le trésor de la couronne sans le moindre bénéfice pour le reste du royaume, même à la veille d'un hiver difficile et d'une famine annoncée.

Misha secoua la tête. Qui était-il pour juger son souverain ? Il n'était qu'un alchimiste passionné par ses recherches. Il évitait autant que possible de se mêler de politique, même lorsqu'il ne partageait pas l'opinion de ses dirigeants. Il déplorait l'attitude du gouvernement, mais il préférait ignorer les douleurs du monde et s'isoler au sommet de sa tour. Ses inventions étaient l'œuvre de sa vie. Qui pouvait lui reprocher d'agir là où il produisait le plus de valeur ? Ses créations pouvaient améliorer le quotidien des habitants du royaume ou développer les industries du pays… Il était un créateur d'outils dont l'utilisation dépendait du bon vouloir de ses commanditaires.

Il avait longtemps ignoré les événements qui rythmaient la vie politique du royaume. Cependant, la rencontre avec la princesse Séléna lui avait fait prendre conscience de la réalité de la guerre.

« Vous ne devriez pas vous étendre sur ce sujet, se permit-il de dire. Le roi Alexander va tout faire pour prolonger cette guerre si vous lui donnez de nouveaux arguments pour la poursuivre.

— Notre sort vous intéresse donc ?

— Je n'ai aucun grief contre vous. Pardonnez ma franchise, mais je pensais que vous n'étiez que des pêcheurs illettrés qui avaient fait sécession pour se complaire dans leur barbarie. Je ne suis ni historien ni économiste, mais votre peuple semble plus digne que le pensent les habitants du royaume.

— Le Nectar'Miel changera tout.

— Vraiment ? Expliquez-moi. »

Séléna pencha la tête sur le côté, un sourire aux lèvres.

« Vous verrez, murmura-t-elle.

— Dois-je craindre pour notre santé ? Y avez-vous glissé un poison que je n'aurais pas su détecter ?

— Non, oubliez cette idée saugrenue. Je ne gâcherais pas ce nectar pour tuer une poignée de mes ennemis. Nous n'avons pas assez de ces trésors pour les gaspiller.

— Avez-vous pillé d'autres épaves ? De combien de tonneaux disposez-vous ?

— Que me donnerez-vous en échange de cette information ? »

L'alchimiste lâcha un soupir exaspéré. Il détestait se trouver dans cette position bâtarde, à mi-chemin entre le négociateur et l'enquêteur. Il n'avait aucun moyen de pression sur ces rebelles, ni cadeau ni menace. Alexander lui demandait l'impossible en le chargeant de cette mission...

Son regard se posa sur le cadre en bois de la fenêtre. Un courant d'air froid passait à travers, comme un appel insidieux à la fuite et à la liberté.

« Le roi pourrait être sensible à vos aveux, lâcha-t-il enfin. Ce serait un gage de bonne volonté.

— Et qu'en est-il de la sienne ? dit-elle d'un ton piquant. Cette chambre aux allures de prison n'est pas une preuve très convaincante de sa considération. Le vent s'y engouffre nuit et jour pour nous glacer les os. Notre nouveau brasero nous évite à peine de mourir de froid. »

Misha se massa les tempes.

« Le rapport de force ne joue pas en votre faveur, rappela-t-il. Son armée est à vos portes. Par ailleurs, plus vous insisterez sur votre richesse, plus il s'acharnera à vous soumettre. Il mettra toute son énergie à traverser la mer pour conquérir vos terres.

— Soyons réalistes, se moqua la princesse. Les îles Liberté sont proches de vos côtes, mais le courant est trop fort pour vos minuscules bateaux de pêche... En deux mois, vous n'avez même pas réussi à accoster sur notre archipel. Notre maigre défense consiste à perturber les vents et les marées pour maintenir les combats en mer. Le roi Alexander ne peut que se ruiner en persévérant dans une guerre maritime.

— Vous pensez donc que l'appât de vos richesses va l'encourager dans cette voie, jusqu'à vider les caisses du royaume ? »

Elle ne répondit pas. L'alchimiste était persuadé d'avoir mis au jour une partie de la vérité, même si cette stratégie lui paraissait particulièrement dangereuse pour les rebelles.

« Méfiez-vous, dit-il d'une voix sombre. Vous pourriez en faire les frais. Notre roi vous garde en vie, mais sa brutalité est notoire. Il n'hésitera pas à utiliser la violence si elle peut lui offrir la victoire. »

Valérian avança d'un pas. Il avait gardé les bras croisés tout au long de l'entretien. Sa barbe de trois jours accentuait les angles de son visage. Le garde du corps était prêt à défendre sa princesse. Séléna le toucha d'une main apaisante.

« Nous n'en arriverons pas là, assura-t-elle. Seigneur Misha, je vous remercie de vous inquiéter de mon bien-être, mais je n'ai pas l'intention de commettre le moindre faux pas. Dites au roi de m'interroger lui-même, s'il veut des réponses sur notre culture et nos secrets. »

L'alchimiste pensa au fond de lui qu'il n'était pas un vulgaire messager. Cependant, le regard turquoise de la princesse exprimait une certaine compassion, comme si elle comprenait l'inconfort de sa position.

« Je vais lui en faire part, accepta-t-il avec un soupir.

— Je suis votre obligée, le remercia-t-elle. Je peux alors vous avouer que nous n'avons trouvé que neuf tonneaux de Nectar'Miel au fond de l'océan. »

L'alchimiste la regarda avec une certaine déception. Il aurait aimé l'entendre dire que son palais en était rempli. La princesse lui sourit une nouvelle fois.

« Par contre, murmura-t-elle, nous avons découvert une tapisserie qui décrit les ingrédients utilisés dans sa fabrication… Nos mages essaient d'en recréer la recette. »

CHAPITRE VI

Les sirènes longtemps ignoraient les délices
Que cachaient les forêts avec soin et malice :
Reines des champignons aux arômes terreux,
Dignes récompenses des plus aventureux.

« Truffes sous-marines »
L'Alchimie du Goût – Poèmes gustatifs et applications, Vol. I

Misha s'accorda une courte pause pour récupérer son souffle. Son corps souffrait le martyre dans cette envolée de marches raides qui s'enroulait vers un lointain sommet.

La tour était plus haute que les autres. L'alchimiste n'avait pas l'habitude d'avoir autant d'activité physique dans la même journée. Il comprenait mieux l'allure svelte des domestiques de ce palais venteux : ce n'était pas par manque de nourriture, mais par une perpétuelle épreuve d'endurance qu'exigeait leur service dans cette succession de tours et de plateformes en demi-étages.

La forteresse était réputée pour la finesse de son architecture, qui s'élançait vers le ciel alors qu'un profond gouffre engloutissait ses fondations… Les architectes se targuaient d'avoir construit une véritable merveille, un Palais Suspendu qui défiait la nature et ses lois. Ils n'avaient probablement jamais réfléchi aux désagréments que cela pouvait provoquer – ou bien ils avaient beaucoup ri pour dessiner des plans compliqués et éreinter les courtisans.

Misha reprit péniblement son ascension. À l'extérieur, le soleil d'automne dardait ses pâles rayons sur les pierres blanches de l'édifice. Des particules de magie circulaient dans l'atmosphère et remontaient le long des parois comme un essaim d'étoiles argentées, emportées par un courant invisible. Ces billes de lumière s'élevaient pour rejoindre et se laisser absorber par l'Astre Aérien, une boule de magie qui flottait au-dessus du palais et qui se nourrissait des sortilèges lancés par les sujets du royaume. En cette fin d'année, sa taille était impressionnante.

Des pépiements d'oiseaux résonnèrent dans l'escalier. Misha gravit encore quelques marches avant de parvenir à la volière qui occupait le dernier étage de la tour. Les murs étaient percés de centaines de cavités qui accueillaient les nids d'une armée de volatiles. La majeure partie d'entre eux étaient des pigeons voyageurs qui traversaient le ciel du royaume ; à ce moment du jour, une trentaine d'oiseaux seulement roucoulaient en chœur. Cela n'empêcha pas l'inventeur de plisser le nez devant l'odeur nauséabonde qui se dégageait du lieu. Une épaisse couche de fientes acides et de paille défraîchie recouvrait le sol.

Il ne voyait du roi Alexander que son dos énorme et musculeux. À l'écart des messagers ailés, il cajolait un faucon crécerelle et le nourrissait de lanières de viande crue. Le rapace claquait sèchement du bec pour déchirer les morceaux qu'on lui proposait. Il avalait avec gourmandise les cadeaux de son maitre.

Misha attendit avant de s'annoncer. Cette pause lui permit de calmer les battements de son cœur et l'incendie qui ravageait ses poumons. Il rassembla ses pensées. Il hésitait à répéter mot pour mot son dialogue avec la princesse Séléna, car elle savait sûrement qu'il confierait tout à son roi. Si son intelligence était aussi subtile qu'il le soupçonnait, la jeune femme n'avait dit que ce qu'elle voulait que le monarque entende.

« Alors, qu'avez-vous appris ? », lança Alexander.

Perché sur le gant du roi, le faucon rassasié étira les muscles de ses ailes et ébouriffa ses plumes. Il partageait avec son maître le même regard acéré et fier, prêt à détecter la moindre faille chez sa proie. Les deux prédateurs se tenaient aussi raides l'un que l'autre.

Misha se mordit les lèvres. Il se sentait piégé. Il refusait d'être le pion du plan mystérieux de cette princesse rebelle, mais son souverain lui avait expressément demandé d'enquêter sur elle. Il ne pouvait rien lui cacher.

« Majesté, la princesse est toujours aussi évasive. Je pense qu'elle essaye de nous manipuler.

— Comme vous y allez ! se gaussa Alexander. Comment une prisonnière pourrait-elle changer nos plans ? Nous allons bientôt gagner cette guerre. Que vous a-t-elle suggéré pour vous effrayer ainsi ?

— Croyez-moi, nous devrions nous méfier de ses belles histoires. Les menteurs sont les meilleurs conteurs. Et si ses mensonges altéraient vos sentiments sur cette affaire ? »

Le monarque fronça les sourcils.

« Misha, je préfère tout savoir plutôt que vous me cachiez des informations, gronda-t-il soudainement. Me croyez-vous trop stupide pour déceler les manigances d'une simple femme ? »

L'alchimiste bégaya pour se défendre du contraire. Ses réticences s'évanouirent sous la menace contenue dans les paroles de son roi. Il lui répéta le dialogue le plus fidèlement possible.

Alexander se moquait des traités d'alchimie et de leurs secrets indéchiffrables. Il haussa cependant les sourcils en apprenant l'existence d'autres vaisseaux aussi luxueux que le *Trésor* capturé. Ses yeux noirs brillèrent en pensant aux richesses qui dormaient dans les îles Liberté, n'attendant que sa venue pour être cueillies comme les roses d'un jardin oublié. Il était persuadé que ces rebelles pillaient les épaves depuis des siècles et qu'ils avaient accumulé un butin digne des plus belles légendes. Il ne s'étonnait plus de leur rapidité à payer des taxes exorbitantes, même lorsqu'il décidait brusquement de les tripler. Leur cité devait regorger de bijoux, de statuettes et d'objets précieux.

Il sourit lorsque Misha lui exprima la rancœur de la princesse au sujet des impôts injustes exigés par la couronne. Cette belle femme menait un double jeu. Le roi n'était pas dupe : elle regrettait surtout que ses parents s'en soient acquittés trop vite, ce qui prouvait l'étendue de leurs réserves financières. Les rebelles n'avaient même pas essayé de négocier et s'étaient empressés de payer, jusqu'à ce qu'ils se révoltent et clament leur indépendance.

« C'était une idée de ce rusé Leivik, confia le souverain. Ces pêcheurs détiennent le monopole sur de nombreuses espèces de poissons, comme les morues phosphorescentes qu'ils exportent à prix d'or. Leurs bateaux naviguent loin des frontières du royaume pour vendre directement leurs marchandises dans les ports étrangers, sans utiliser les rivières de vif-argent et sans le contrôle de nos douaniers. Nous n'avons aucun moyen de vérifier leur activité et de les taxer au juste prix. Leivik avait raison de penser qu'ils ne déclaraient pas toutes leurs ventes. »

Le faucon accroché à son gant claqua sèchement du bec. Le roi caressa lentement les plumes de son cou.

« Ces îliens regretteront de nous avoir caché la vérité, conclut-il avec un sourire carnassier. L'augmentation des impôts n'était qu'une ruse. Si leurs richesses s'avèrent encore plus grandes que nous le supposions, tant mieux ! Nous pensions les obliger à partager leurs bénéfices pour soulager la misère du royaume, mais leur déclaration d'indépendance nous a pris de court. Quel mépris pour la couronne ! Nous ne pouvions pas nous permettre de perdre cette source de revenus. Par ailleurs, les mauvaises récoltes successives ont attisé la colère des paysans. Cette guerre contre les rebelles a permis de diriger leur attention ailleurs que sur notre gouvernement... »

L'alchimiste baissa le regard. Il comprenait la politique agressive de son souverain, mais il regrettait de s'en trouver mêlé. Moins il en savait, mieux il se portait...

Il changea de sujet et apprit au roi que les plongeurs n'avaient remonté que neuf tonneaux de Nectar'Miel du fond des mers. Devant son air maussade, il s'empressa d'annoncer la seule lueur d'espoir concernant le délicieux breuvage : les rebelles essayaient de retrouver sa recette de fabrication. Les yeux du monarque brillèrent d'envie.

« Je préfère mettre la main sur leurs vaisseaux remplis de bijoux, lança-t-il, mais ce fabuleux nectar serait parfait pour fêter ma victoire. Ont-ils réussi à en recréer ?

— La guerre a stoppé l'avancée de leurs recherches. Je n'en sais pas davantage. La princesse refuse de répondre à un autre que vous. »

Le géant éclata d'un rire sonore.

« Je vous l'avais bien dit ! Elle a vite oublié ses manières impertinentes. La voilà soumise à la seule autorité capable de lui rendre sa liberté. »

L'alchimiste s'inclina. L'assurance de la jeune femme le persuadait du contraire, mais il n'osa pas contredire le roi.

Alexander lui mit la main sur l'épaule.

« Seigneur Misha, vous avez mené à bien votre mission, dit-il avec satisfaction. Vous aurez droit à toute ma reconnaissance à l'issue de cette guerre que nous ne manquerons pas de gagner. En attendant, restez mon ambassadeur et préparez-vous pour ce soir : nous allons inviter cette magnifique jeune femme à dîner. »

L'inventeur partageait son avis sur cette beauté des îles. Il était troublé par le charme de la belle étrangère, même si la séduction de la princesse semblait exclusivement dirigée vers le roi.

« Pour l'occasion, reprit le souverain, vous demanderez à l'amiral Pavel de nous rapporter le deuxième tonneau de Nectar'Miel. Cette fois, je vous suggère d'en mettre de côté pour continuer vos expériences… Ou pour en boire en toute intimité. »

Il sourit et lui donna une tape amicale sur le bras.

L'inventeur fit tourner la précieuse boisson dans son verre. Seul dans ses appartements, il méditait avec un léger vague à l'âme sur la pertinence de son emploi. Sa situation privilégiée lui évitait un certain nombre de questions existentielles, mais il ne pouvait s'empêcher de penser à l'utilisation purement militaire qui était faite de ses talents. Ses études d'alchimie le prédestinaient à créer des objets ensorcelés pour améliorer le bien-être des gens, pas à raccourcir la vie de certains d'entre eux… Quel gâchis !

Il avait réussi à sauver quelques heures de travail pour étudier le grimoire trouvé dans le navire des rebelles. *"L'Alchimie du Goût – Poèmes gustatifs et applications, Vol. I"* gardait encore ses mystères. Misha avait dénoué une série de sortilèges protecteurs, mais il se trouvait face à une impasse : une couche pâteuse de magie calorique se dissimulait sous un léger voile de magie aquatique. Des années plus tôt, il avait inventé un artifice semblable pour créer un puissant explosif, capable de creuser des tunnels dans la roche la plus dure. Il ne pouvait pas défaire l'enchantement sans provoquer la combustion spontanée du grimoire et une explosion catastrophique.

Il goûta une gorgée de Nectar'Miel et apprécia à sa juste valeur l'onde de plaisir qui traversa son corps. Le liquide ambre et or se révélait une énigme pour son palais raffiné. Peu alcoolisé, il n'en restait pas moins un concentré d'arômes à l'association surprenante et délicieuse. L'amertume des plantes était compensée par des saveurs fruitées et une pointe métallique qui excitait ses papilles.

Misha finit son verre et lutta pour ne pas se resservir. Il n'avait identifié aucun sortilège susceptible de renforcer le caractère addictif de la boisson, mais il lorgna d'un air langoureux le tonnelet qu'il avait réussi à mettre de côté. Le roi avait ses défauts, mais il savait se montrer généreux et perspicace – il avait parfaitement compris le penchant de l'alchimiste pour la dégustation de vins et de spiritueux. Comme tout bon monarque, il cernait vite les motivations et les faiblesses de ses conseillers pour mieux s'assurer de leur fidélité.

Un bruit sec le fit sortir de sa torpeur. Il reconnut la série de coups qui frappaient sur le bois de sa porte.

« C'est ouvert, Isidore. »

Le grand valet dégingandé entra et s'inclina brièvement.

« Souhaitez-vous mon aide pour vous habiller avant votre dîner ? lança-t-il. Sa Majesté aura un peu de retard. Le roi n'a pas encore quitté son cabinet de travail. »

L'alchimiste se prélassait après une longue journée de travail. Un répit supplémentaire n'était pas pour lui déplaire.

Le regard bleuté d'Isidore s'attarda sur le tonnelet en bois, puis revint sur le visage de son maître. Misha pouvait lire en lui comme dans un livre ouvert : il devinait une curiosité toute naturelle. La légende du Nectar'Miel avait fait le tour du palais. Les domestiques répétaient, déformaient et amplifiaient l'histoire d'un antique peuple marin qui distillait un alcool mystérieux et subtil, dont on avait miraculeusement retrouvé quelques tonneaux… Certains juraient avoir vu l'alchimiste du roi pleurer en goûtant cette boisson fabuleuse – ce que le principal intéressé démentait fermement.

Malgré son faible taux d'alcool, le nectar avait désinhibé l'inventeur. En avait-il bu trop de verres pour essayer de deviner ses ingrédients ? Il ne sentait plus la même distance entre son valet et lui, comme si la barrière de la noblesse s'était effacée au profit d'une éphémère amitié. Il était parfois témoin d'un phénomène semblable qui animait les convives d'un banquet ou les hommes accoudés au comptoir d'une taverne. Entre compagnons de boisson, les dialogues devenaient fluides et spontanés, bien qu'énigmatiques pour de sobres observateurs…

« Approchez, Isidore, dit-il en l'invitant à s'asseoir en face de lui. Puisque nous avons un peu de temps devant nous, je vous propose de partager un verre. »

Le jeune homme eut une seconde d'hésitation, avant d'obtempérer avec un certain empressement. Une telle invitation ne viendrait pas deux fois. Il fallait la saisir sans poser de questions.

Misha utilisa une louche en bois pour remplir deux verres de nectar. L'alchimiste ne voulait pas le laisser boire seul. Un oiseau-lyre traversa les airs et se percha sur le bord du tonneau.

« Ce n'est pas sérieux, grogna son djinn dans sa tête. *Tes pensées ressemblent déjà à une friche en jachère. J'ai l'impression de survoler un jardin envahi d'herbes folles.*

— Cher ami poète, laisse-moi donc profiter de ce moment. »

Avec un sourire, Misha leva son verre et trinqua gaiement avec son domestique.

« À la santé des sirènes ! », lança-t-il en reprenant la boutade de la princesse.

Isidore trempa ses lèvres avec précaution. Il avala une gorgée et ses yeux s'agrandirent. La surprise colora son visage et fit rosir ses joues.

« C'est très bon ! », lâcha-t-il avec candeur.

Le valet en but une deuxième gorgée. Il sembla soudain se rappeler où il se trouvait et reposa son verre sur la table. Il baissa le regard humblement.

« Je vous remercie, seigneur, déclara-t-il. Ce nectar est fabuleux. Un véritable cadeau des dieux.

— Disons plutôt une merveille de la nature. La macération d'un tonneau d'alcool pendant des siècles, au plus profond de l'océan, a donné de délicieux résultats.

— Vous ne croyez donc pas aux sirènes ? Aucun homme n'aurait pu inventer un mélange aussi exquis. Je suis heureux de pouvoir goûter une boisson aussi légendaire. »

Misha fronça les sourcils devant son sourire illuminé. Une idée informulée tenta de faire son chemin dans le labyrinthe embrumé de son esprit. Malheureusement, l'alcool qui circulait dans ses veines empêcha l'alchimiste de la saisir dans toute sa complexité. L'éclair de compréhension ne laissa qu'une trace lumineuse, rapide et nette, qui s'estompa aussi vite qu'elle était apparue.

Il fit tourner son verre. Quelque chose venait de lui échapper, mais quelle importance, après tout ? La perfection n'était pas humaine. Personne n'était irréprochable.

« Surtout toi, marmonna l'oiseau-lyre avec mauvaise humeur. *Tu t'es précipité dans ton fauteuil sans même prendre le temps de ranger ton matériel. »*

L'inventeur haussa les épaules.

« Je pensais bien le faire ensuite, affirma-t-il. *Ce n'est pas un peu d'alcool qui m'en empêchera.*

— Sans rien casser ? Ça m'étonnerait ! »

Misha se leva avec un léger vertige. Il fit un signe à son domestique.

« Isidore, puisque nous avons un peu de temps devant nous, aidez-moi donc à nettoyer et ranger mes alambics. Ils ne doivent plus être très chauds. »

L'oiseau-lyre eut un rire sarcastique.

« Ils ont certes eu le temps de refroidir », murmura le génie.

L'inventeur s'approcha du traité d'alchimie sensitive qui reposait, ouvert, sur la table recouverte de fioles et de talismans. Il voulut poser son verre pour éviter de le renverser, mais son geste trop brusque eut exactement l'effet inverse.

« Attention ! », s'écria Isidore en se précipitant en avant.

Misha vit au ralenti le nectar s'épancher hors du verre, s'envoler comme une vague d'or à travers les airs et s'écouler sur le précieux grimoire. Le liquide aspergea les pages au parchemin jauni.

De frayeur, l'alchimiste en oublia de rattraper son verre et resta tétanisé. Il contempla avec effroi le vieux livre souillé.

Isidore s'empressa de récupérer un chiffon qui traînait sur la table. Quand il s'approcha de son maître, Misha l'arrêta cependant d'une main levée.

« Attendez », murmura-t-il.

Il se pencha au-dessus du traité d'alchimie. La boisson n'avait pas imbibé les fibres du parchemin ; elle formait une petite flaque à sa surface. Il aurait juré y voir danser des ombres.

« Tu perds la tête, lança son génie. *Laisse donc ton domestique réparer tes dégâts ! Je t'avais prévenu, pourtant ! »*

Misha leva sa deuxième main pour faire taire l'oiseau-lyre. Il se pencha encore pour observer le grimoire. Le nectar dégouttait des pages comme s'il était repoussé par un sort d'étanchéité. Et, surtout, des lettres et des symboles apparaissaient par transparence à travers le liquide.

L'alchimiste lança un cri de victoire.

« Prends note, ô djinn adoré ! songea-t-il avec allégresse. *Certaines énigmes ne peuvent se résoudre que dans les plaisirs les plus coupables. »*

Le roi Alexander admira avec gaieté le liquide ambré qui tourbillonnait contre les parois en cristal de son verre. Son sourire s'élargit à l'idée qu'il dégustait un alcool rare et précieux dont les souverains étrangers ignoraient l'existence. En silence, il trinqua à l'arrogance du Royaume Végétal et à ses vignobles démodés. Le Nectar'Miel n'admettait aucune comparaison avec leurs vins minables.

Ses convives attendaient un signe de sa part pour reprendre la conversation. Il avait réussi à empêcher sa mère de participer à ce repas en limitant la liste des invités à ses trois plus proches conseillers. Il avait ressenti un profond sentiment de satisfaction devant la grimace outrée de cette vieille harpie. Il redoutait une vengeance mesquine qui viendrait à point nommé, comme toujours, mais l'affirmation de son pouvoir l'avait rendu joyeux.

À ses côtés, Leivik et Lemil dînaient en observant du coin de l'œil les gestes de leur roi. Alexander appréciait leur soumission ostensible. Les deux ministres contrôlaient les armées et les finances du pays, mais ils lui obéissaient aveuglément. Tant que cette situation durait, son règne n'était pas en danger. Il prenait soin de les manipuler en ménageant les sanctions, les menaces et les récompenses.

Son alchimiste se trouvait en bout de table, avec un regard fuyant et un appétit d'oiseau qui témoignait de son malaise. Il caressait sa courte barbe avec nervosité, comme s'il rêvait d'écourter ce repas pour retourner se plonger dans ses grimoires poussiéreux. Alexander jugea qu'il ne s'était pas encore fait à la vie de palais et à ses privilèges. Misha n'avait pas la trempe de son prédécesseur, bien plus prompt à abuser de sa position et à tourmenter ses domestiques… Ce qui avait peut-être précipité sa fin. Il fallait toujours se méfier de la rancœur et des représailles des petites gens.

En face du monarque, la princesse Séléna lui lançait un regard ensorcelant. Un maquillage discret rehaussait le dessin de ses yeux en amandes et colorait son teint d'un rose délicieux. Usait-elle de sa beauté pour le séduire ? Près d'elle, son roux protecteur fronçait les sourcils et serrait la mâchoire à s'en abîmer les dents. Alexander se félicita de cette lutte dérisoire contre sa domination, pleine et entière. La vie des deux prisonniers ne tenait qu'à son bon vouloir.

Le roi goûta un peu de Nectar'Miel. De plaisir, il fit claquer sa langue contre son palais. La boisson caressait sa gorge d'une douce brûlure et de mille arômes fleuris.

« Parlez-nous de votre archipel, lança-t-il enfin aux deux rebelles. Avez-vous colonisé toutes ses îles ?

— Les courants sont trop puissants pour accéder à certaines d'entre elles, nuança la princesse. Vous n'ignorez pas notre situation géographique exceptionnelle… Les courants sont rapides et les nombreux écueils rendent la navigation difficile et dangereuse.

— Est-ce pour cette raison que vous avez établi votre capitale sur la plus grande de ces îles ? »

Séléna hocha la tête.

« Le climat y est aussi moins rude, affirma-t-elle. Nous avons des cultures maraîchères qui permettent à nos sujets de compléter les produits de leur pêche.

— Un royaume de pêcheurs et de maraîchers ? se moqua Leivik. Comment avez-vous pu songer à une quelconque indépendance ? »

Elle foudroya du regard le militaire.

« Le commerce nous offre ce que nous ne pouvons pas produire, rétorqua-t-elle. Nous avons notre propre culture, vieille de plusieurs siècles, et un artisanat qui ne souffre pas d'équivalent dans le monde. Que devrions-nous avoir de plus pour prétendre à la royauté ?

— Un Astre magique, par exemple ? continua le ministre de la Guerre. Vos sortilèges ne peuvent exister que par la grâce de l'Astre Argent qui couronne notre palais. Notre monde ne comporte que six royaumes parce qu'il n'existe que six Astres… »

La jeune femme lui sourit avec indulgence. Son visage était un tableau de grâce et de douceur.

« Cher ministre, dit-elle, ne confondez pas la politique et l'usage de la magie. La magie est l'apanage des dieux ; aucun d'eux ne force ses fidèles à s'unir sous la même bannière. Son invocation n'est qu'une question de talent et nos pêcheurs sont souvent d'excellents poètes. Ils manient avec adresse les jeux du langage et de la poésie. Méditez donc un adage qu'ils se répètent à l'approche d'une tempête : "*Ne péchez pas par orgueil.*" »

Alexander eut un rire satisfait. Le caractère farouche de cette jeune femme lui plaisait. Son tempérament était à l'image des falaises érodées des îles Liberté qui affrontaient vaillamment les assauts du vent, de la pluie et du sel.

« Ne nous fâchons pas, dit-il avec apaisement. Nous refusons votre indépendance, mais nous ne mettons pas en cause la richesse de votre culture. Nous sous-estimions sa valeur. Si votre frère est aussi intelligent et habile que vous, il se rendra bientôt à la raison et négociera la fin de ce conflit. J'ose espérer qu'il nous offrira le sortilège qui vous permet de piller des épaves.

— J'en doute, Majesté, assura Séléna. Ce poème est le secret bien gardé d'une guilde de plongeurs. Nous n'en avons pas nous-mêmes connaissance... Nous payons leurs services comme pour n'importe quel artisan. Vous savez que la poésie ne se divulgue pas en dehors du cercle familial ou de corporations spécifiques. »

Le secret était la base de l'économie de ce monde. Il garantissait le développement et la pérennité de la majorité des métiers. On avait déjà vu des guildes se dissoudre à cause de la diffusion de leurs secrets... Le bouche-à-oreille avait offert une célébrité involontaire à leurs poèmes et leur avait fait perdre toute valeur marchande.

Alexander ne prit pas ombrage de la remarque de Séléna. Une fois sa conquête des îles Liberté terminée, il pourrait acheter à son tour les services de ces plongeurs et écumer le fond des mers. L'archipel recélait sûrement d'autres trésors qui n'attendaient que d'être découverts.

Les domestiques apportèrent quelques desserts sucrés. Alexander leur ordonna de les resservir en Nectar'Miel afin de conclure le repas. La princesse lui proposa un divertissement.

« Avez-vous un talisman de magie calorique ? demanda-t-elle avec un sourire étincelant. Pas une gemme coûteuse, mais un quartz de basalte ou de charbon... Je vais vous apprendre une autre façon de déguster cette boisson. »

Le roi haussa les sourcils avec intérêt. L'alchimiste s'apprêta à lancer une nouvelle mise en garde, mais Alexander l'en empêcha en levant la main.

« Très bien, montrez-nous », déclara-t-il.

Un valet tendit un morceau de basalte cristallisé à la princesse rebelle. Séléna soupesa la roche bleu foncé et se leva pour faire le tour de la table. Sa robe la frôlait comme un nuage de soie. Alexander cessa un instant de respirer. Il était subjugué par la vision de cette beauté aux cheveux d'or et au visage exquis. Son regard glissa sur la perle de nacre et sur la poitrine qu'elle ornait.

La jeune femme plaça le talisman volcanique dans l'énorme main du roi et la recouvrit de la sienne. Ses doigts étaient doux et chauds. Elle se pencha à l'oreille du roi qui sentit un parfum fleuri lui caresser les narines.

« Réchauffez votre verre grâce à ce cristal, souffla-t-elle. Murmurez **"MAGMA"**, imitez mon geste et songez aux volcans qui font rougeoyer les Monts Tempêtes : *des fontaines de feu liquide sur les cendres de la nuit.* »

Elle fit un geste pour croiser les bras, avant de lui sourire et de s'écarter. Le souverain ressentit aussitôt l'absence de son contact sensuel. Il suivit les conseils de la jeune femme et invoqua la magie du talisman. Une étincelle s'échappa de sa paume pour réchauffer le contenu de son verre.

Alexander but une gorgée de Nectar'Miel. Il devait admettre que l'expérience était concluante. La chaleur masquait certains arômes pour en réveiller d'autres. La boisson s'avérait moins amère et plus sucrée.

« C'est remarquable ! avoua-t-il. Froid ou tiède, ce nectar est délicieux. »

La princesse ramena ses cheveux en arrière et s'inclina dans une gracieuse révérence. Lorsqu'elle se releva, son visage était illuminé d'un plaisir sincère. Le géant lui rendit son sourire. Il avait l'air d'un homme séduit au plus haut point. Ses yeux noirs brillaient d'un éclat inhabituel.

Au bout de la table, l'alchimiste fronça les sourcils. Était-ce de la jalousie ou un sombre pressentiment ? Le charme de Séléna avait adouci le cœur de pierre d'Alexander. Leur jeu de séduction était visible.

Misha observa les deux convives. Une certitude le frappa : ce dîner avait fait basculer le rapport de force entre un roi et sa prisonnière. Et cela l'inquiétait terriblement.

CHAPITRE VII

Les agrumes juteux ont une acidité
Que tentent de cacher leurs arômes fruités.
Joyaux des profondeurs qui gardent leur mystère,
Les sirènes aussi ont un vif caractère.

« Oranges bleues »
L'Alchimie du Goût – Poèmes gustatifs et applications, Vol. I

Les jours suivants s'écoulèrent lentement, sous un violent orage qui claquait contre les tours et hurlait dans un roulement de tambour effrayant. La cour du Palais Suspendu se cloîtra à l'abri des intempéries. Un tournoi d'échecs fut organisé pour tromper l'ennui, mais le climat enragé en resta le grand vainqueur.

D'une certaine manière, Misha ignora complètement la colère du ciel qui grondait au-dessus de la capitale. Il passa la majeure partie de son temps à déchiffrer *"L'Alchimie du Goût – Poèmes gustatifs et applications, Vol. I"*. Un coup de chance lui avait permis de découvrir le secret pour lire les pages ensorcelées : il suffisait de laisser couler un filet d'eau ou de liquide pour voir apparaître les schémas et les précieuses incantations par transparence. L'inventeur se demandait même si la destruction des couches supérieures de sortilèges protecteurs avait été utile.

La lecture du traité était laborieuse ; page après page, Misha recopiait les poèmes dans son grimoire et prenait des notes sur leurs applications. Les rythmes et les rimes le comblaient de bonheur. Ces connaissances avaient été compulsées par un alchimiste d'une époque disparue.

Aucune biographie ne permettait de relier l'auteur aux sirènes dont Séléna avait raconté la légende, mais on pouvait lire sa fascination pour cette mythologie qui inspirait ses vers.

Misha était à la fois excité et troublé par ces *poèmes gustatifs.* La langue utilisée était un ancien dialecte qu'il convenait de traduire. Cet exercice était si délicat qu'il n'osa pas lancer les sortilèges avant d'être sûr de son travail. L'alchimie invoquait une poésie subtile et dangereuse ; une erreur de traduction pouvait être fatale. De nombreux alchimistes avaient péri en chantant une poésie indigne de leur art, à cause d'alexandrins à treize pieds ou de césures maladroites.

Le troisième jour de mauvais temps, l'inventeur ressentit une pointe d'agacement lorsque le roi Alexander le convoqua sur un tout autre sujet. Le monarque ne voulait rien savoir d'un vieux grimoire aux pages ensorcelées. La guerre se poursuivait et coûtait chaque jour des milliers de diamants à la couronne. Les paroles de Séléna avaient par ailleurs changé son point de vue sur un peuple qu'il avait toujours sous-estimé. Choix de cœur ou de raison, il n'écartait plus la possibilité de négocier la paix avec les rebelles qui s'étaient révélés d'habiles défenseurs.

La capture de la princesse restait son meilleur atout dans les tractations à venir. Les pêcheurs vivaient d'un commerce qu'il pouvait taxer au prix fort. Ils maîtrisaient également des sortilèges qui l'intéressaient, comme ceux qui les aidaient à piller des épaves. Il exigerait de percevoir la majeure partie du butin qu'ils remonteraient du fond des mers : bijoux, bibelots, tapisseries… et tonneaux de nectar.

Cette boisson avait émoussé son agressivité envers un peuple aux origines plus anciennes qu'il ne le soupçonnait. Délicieuse et subtile, elle n'en restait pas moins une énigme qu'il rêvait de résoudre. Séléna avait sous-entendu que les rebelles essayaient d'en retrouver la recette. La requête du roi Alexander était simple : il ordonnait à Misha de découvrir les secrets de fabrication du Nectar'Miel.

Misha rentra dans ses appartements en grommelant. Il n'eut d'autre choix que de refermer le traité d'alchimie sensitive et d'ouvrir son petit tonneau de nectar. Un oiseau-lyre ne tarda pas à apparaître près de lui et à mouvoir ses longues plumes argentées.

« Quelle est ta stratégie, cette fois ? sussura son djinn. *Boire un verre en espérant une révélation ?*

— Si seulement… Je crains que la chance ne suffise plus. »

Misha était contrarié par la requête du roi, mais il ressentait surtout du découragement devant l'ampleur de la tâche. Jusqu'à présent, il n'avait pas identifié la recette de la boisson. Son djinn sentit sa lassitude et le réconforta d'un ton plus doux.

« Tes faiblesses t'ont aidé à déchiffrer le grimoire, murmura-t-il, *mais n'oublie pas tes forces : la rigueur et la persévérance. »*

Misha haussa les épaules. Son génie avait raison. Malheureusement, cela ne l'enthousiasmait pas pour autant. Il se lança dans une entreprise qu'il devinait longue et fastidieuse.

Il testa une batterie de sortilèges sur ses dernières réserves de Nectar'Miel. Il avait moins d'appréhension sur la dangerosité du liquide ambré, mais l'orage qui rugissait à l'extérieur le rendait nerveux. L'inventeur continua ses expériences jusqu'au bout de la nuit pour retranscrire le schéma aromatique et thermique de la boisson. Il ne parvint pas à en déterminer la composition exacte, à part quelques ingrédients distinctifs comme des fleurs de bruyère et une céréale inconnue apparentée au houblon. Le procédé de fabrication avait requis au moins une étape de distillation et une autre de macération.

Misha finit par ranger son matériel d'un air pensif. Une curieuse réaction s'était opérée lorsqu'il avait plongé trois petites obsidiennes dans le nectar et sollicité leur pouvoir d'absorption. Les gemmes avaient été extraites du même gisement minier de la Vallée d'Yères. Il avait murmuré **« ABYSSES »** en songeant aux *monstres et merveilles des secrets de famille.* Des vagues de lumière avaient irisé la surface du liquide et un léger tourbillon de mousse s'était formé en dessinant le symbole d'une étoile à sept branches, avant de disparaître dans un éclair blanc.

« C'était le même symbole que sur la reliure du grimoire, remarqua Misha en repensant au phénomène. *D'après Séléna, il était aussi sur l'épave qu'ils ont trouvée au fond de l'eau. Les sirènes existeraient-elles vraiment ? Leur légende fait le lien entre tous ces éléments…*

— *C'est beaucoup trop simple,* conclut Ji'Lyr.

— *Je suis du même avis. Quelque chose sonne faux dans cette histoire. »*

Le lendemain matin, l'orage était enfin passé. Un soleil timide observait les derniers nuages s'étirer et glisser à l'horizon, vers les contreforts des montagnes.

Les ministres et les courtisans s'empressèrent de trouver mille excuses pour sortir flâner dans les boutiques de la ville ou se réfugier à la campagne. Ces quelques jours d'enfermement les avaient rendus fébriles. Les caprices de l'automne avaient tourmenté la région et ses habitants avec plus de rage que d'ordinaire.

Misha descendit de sa tour avec gaieté. Il ne s'étonna pas d'apprendre que le roi Alexander avait quitté le palais pour chasser le cerf avec son fils. Ses conseillers profitaient de son absence pour se divertir dans la capitale. L'ancienne régente Soniska était elle-même sortie en compagnie de ses courtisanes. Les domestiques déambulaient avec un soulagement perceptible, enfin libérés de leurs maîtres agacés. Ils s'affairaient en sifflotant ou en bavardant joyeusement.

L'alchimiste eut la surprise de croiser au détour d'un couloir la princesse Séléna, une lettre pliée dans sa main, et son garde du corps. Les deux prisonniers erraient dans le palais et discutaient à voix basse. Ils se turent en le voyant s'avancer.

« Bonjour, seigneur Misha, le salua la jeune femme.

— Bonjour, princesse, lui répondit-il avec une légère hésitation. J'ignorais que Sa Majesté avait levé votre consignation.

— Vraiment ? Nous logeons dans la tour du Levant depuis deux jours. La pluie s'infiltrait par la fenêtre de notre chambre et ma femme de chambre est tombée malade. Alexander a eu la gentillesse de nous proposer une suite plus convenable. »

L'alchimiste en resta pantois. Les prisonniers bénéficiaient d'une semi-liberté et Séléna parlait du roi en omettant son titre. Il ne savait pas ce qui l'étonnait le plus. Quelles manigances avait-il manquées pendant qu'il travaillait ?

« C'est un curieux revirement de situation, se permit-il de noter. L'avez-vous hypnotisé pour obtenir ses faveurs ? Avez-vous glissé un philtre d'amour dans sa coupe de nectar ?

— Bien sûr que non, rit-elle avec bonne humeur. Il semblerait qu'il ne voit plus en moi une prisonnière ou une ennemie, mais une simple femme. »

Distraitement, elle glissa une mèche de cheveux dorés derrière son oreille. L'alchimiste doutait de la prétendue innocence de cette belle étrangère. Son charme était trop présent pour être naturel et désintéressé.

Séléna avait revêtu une robe bleue qui serrait ses hanches. Un léger maquillage surlignait d'azur ses yeux rieurs. Où avait disparu la rebelle blessée et revêche ? Non, cette femme était bien trop sûre d'elle pour être ingénue.

« Nous sommes toujours en guerre, rappela Misha. Sa Majesté rêve de mettre la main sur vos trésors, qu'il s'agisse de bijoux, de nectar ou de sortilèges. Il n'hésitera pas à poursuivre ce conflit jusqu'à sa résolution…

— Nous en avons bien conscience, affirma-t-elle en échangeant un regard avec son protecteur. Alexander a cependant compris que je pouvais servir de monnaie d'échange avec le roi des îles Liberté. Mon frère a écrit qu'il enverrait rapidement une proposition de traité de paix. Entre nous, je crois que plus personne ne souhaite me tuer au sein de ce palais, à part peut-être la reine Soniska… Elle n'aime pas l'influence que j'ai sur son fils. »

Son sourire victorieux le glaça. Cette femme était dangereuse, tant par sa beauté que par son intelligence.

« J'en suis ravi, affirma-t-il en se raclant la gorge. Les conditions de votre frère devront cependant être très favorables à la couronne pour que Sa Majesté les accepte… Sa flotte est sur le point de débarquer sur vos îles. Il n'aura bientôt plus besoin de négocier.

— Pardonnez-moi de vous contredire, seigneur Misha. Avez-vous déjà navigué sur l'océan ?

— Évidemment, s'empourpra-t-il. Je suppose que vous me voyez comme un érudit qui n'a jamais quitté ses livres et ses alambics ? »

La princesse ne répondit pas. Son silence était éloquent.

« J'ai passé mon enfance sur la côte, se justifia-t-il. J'ai passé de nombreuses journées en compagnie des pêcheurs du village, mais mon destin m'appelait ailleurs. J'ai résisté à l'appel de la mer au profit de mes études.

— Je ne souhaitais pas être impolie, s'excusa-t-elle. Je tenais simplement à souligner la spécificité qui rend la navigation difficile dans le bras de mer qui sépare les îles Liberté de la côte. Le courant est très puissant et rend impossible une simple traversée. Les bateaux sont contraints de se laisser porter et de faire un long détour par le nord avant de réussir à redescendre jusqu'aux abords de notre archipel.

— Pensez-vous que la flotte du roi n'est pas assez maniable pour y parvenir ?

— Elle s'en est approchée de très près… Cette situation naturelle rend cependant notre défense plus aisée. Vous avez eu l'occasion de voir le *Trésor*. Nos vaisseaux sont plus rapides et plus robustes que les vôtres. Si Alexander ne négocie pas avec mon frère, la guerre pourrait se prolonger encore longtemps, et mes discussions avec ce brave Lemil me laissent penser que votre économie en souffrirait sérieusement. »

L'alchimiste fronça les sourcils.

« Pour une "simple femme", vous me paraissez bien au courant de nos secrets d'État, dit-il sombrement. Vous n'avez pas perdu de temps à infiltrer la cour.

— Et vous, seigneur Misha ? Comment avez-vous employé ces derniers jours ? Avez-vous inventé de nouvelles armes pour exterminer le reste de mon peuple ? »

Sa remarque le heurta profondément.

« J'ai de plus nobles occupations, affirma-t-il. J'ai notamment réussi à déchiffrer le premier volume de *"L'Alchimie du Goût"*. »

Séléna perdit son sourire sarcastique. Une surprise sincère se peignit sur son visage.

« Impossible ! s'exclama-t-elle. Le dernier à avoir tenté l'expérience a péri dans les flammes.

— Était-ce le destin que vous me souhaitiez ? »

La princesse lança un regard perplexe à son garde du corps. Elle semblait étonnée d'apprendre que l'alchimiste avait survécu aux sortilèges qui protégeaient le grimoire.

« Vous êtes plus doué que nous ne l'imaginions, admit-elle. Ces livres auraient dû vous réduire en cendres. Ne le prenez pas de façon personnelle, mais j'aurais été la dernière à pleurer le créateur des armes qui assassinent mon peuple. »

Misha manqua un battement de cœur devant sa réaction. Il comprenait brusquement que les rebelles avaient effectivement tendu un piège au Royaume Aérien, sous la forme de vieux grimoires et non de tonneaux de nectar. Ces étrangers avaient tout fait pour l'encourager à les déchiffrer. Depuis le début, ils ne souhaitaient que sa mort.

« Vous me haïssez sans me connaître, dit-il avec amertume. Les poèmes que je peux lire dans *"L'Alchimie du*

Goût" me confirment la sagesse de vos ancêtres. Je rêverais de visiter vos bibliothèques. Nous sommes cependant en guerre et mon travail est d'aider mon souverain à la gagner.

— Votre contribution enthousiaste n'en devient pas louable pour autant. Vous avez choisi de mettre vos talents au service de la mort.

— Je défends les intérêts du roi et par extension ceux du royaume, en dépit de mon pacifisme et de mes opinions politiques.

— L'assassin de mes parents aurait donc des états d'âme ? Je me demandais quelles valeurs morales pouvait avoir l'inventeur des flèches explosives… »

Misha recula d'un pas. Son estomac se noua sous ces dures accusations.

Non, il n'avait jamais voulu tuer quiconque. Il n'avait pas suivi de longues études d'alchimie pour concevoir des armes. Ce n'était qu'une affaire de contexte… Être alchimiste du roi était une position honorifique, le couronnement d'une brillante carrière. Il n'avait jamais caché une certaine ambition, mais ses aspirations étaient nobles. Il aimait la recherche. L'application de ses découvertes ne lui appartenait pas. Son souverain était son commanditaire ; il décidait lui-même de leur utilisation.

L'inventeur était incapable de répondre à la princesse, qui ne souriait plus et lui jetait un regard sombre. Trop de mots se bousculaient pour franchir ses lèvres, trop de pensées et de doutes se mélangeaient dans son esprit. Séléna remettait en question la vie qu'il menait au Palais Suspendu et qui le tourmentait déjà.

Misha bredouilla une excuse et s'éloigna des deux prisonniers – ou invités ? – du palais. Ces étrangers ne se cachaient pas d'avoir souhaité sa mort… Et si leur plan ne s'arrêtait pas là ? L'inventeur avait la certitude que leur capture n'était pas un hasard.

Le roi Alexander le convoqua le lendemain dans la salle du Conseil. Misha croisa le gros Lemil qui sortait en se dandinant, l'air ravi, ses yeux pétillants derrière ses lunettes rondes. À l'intérieur, le souverain déambulait d'un pas souple et dictait une série d'ordres ponctués de réflexions personnelles. Le ministre Leivik était attablé et prenait des notes sur un parchemin.

L'alchimiste attendit patiemment qu'Alexander eût terminé la liste des tâches qu'il assignait à son conseiller. La logique et le cheminement des pensées du géant le laissaient perplexe : elles semblaient n'avoir aucun lien entre elles. Le roi sautait d'un sujet à l'autre et formulait ses idées sans pause, dans un torrent sauvage de voyelles et de consonnes. Misha se demandait si le ministre de la Guerre comprenait vraiment ses souhaits cryptiques.

Le monarque conclut sa requête sans crier gare. Misha aurait juré qu'il s'était arrêté au milieu d'une phrase, mais Leivik enroula son parchemin et fit craquer ses phalanges avec satisfaction. Sa journée de travail pouvait commencer. L'alchimiste ne risquait pas de divulguer leurs secrets ; il aurait eu besoin d'un traducteur pour saisir la teneur de leurs échanges.

« Approchez, Misha, l'invita Alexander sans transition. Nous avons reçu une lettre du roi des rebelles. Je voudrais que vous la lisiez. »

L'alchimiste récupéra la missive qui attendait sur la table ovale. Un sceau de cire rouge montrait un dessin qu'il n'avait jamais vu auparavant et qu'il identifia comme le blason des îles Liberté, une sirène sur un rocher. Se revendiquaient-ils désormais comme les descendants d'un peuple marin disparu ?

Le roi Andreas souhaitait négocier la fin de la guerre. Son ton était prudent et respectueux. Il était prêt à abdiquer, à condition de conserver une certaine souveraineté en obtenant le statut de protectorat pour son archipel. En guise de compensation pour ce nouveau statut et l'effort de guerre consenti par le Royaume Aérien, il acceptait de revoir les taxes sur l'ensemble des exportations qui faisaient sa richesse. Une longue liste de chiffres était annexée à la lettre.

En particulier, Andreas promettait la moitié des revenus liés à la pêche des morues phosphorescentes et à l'exploitation des huîtres perlières. Il offrait le *Trésor* et un vaisseau chargé d'or et de bijoux, le *Courage*, en dédommagement des pertes qu'avait subies la flotte royale, ainsi que les derniers tonneaux de Nectar'Miel. À l'avenir, le butin des épaves pillées serait partagé avec le gouvernement de Borya. Enfin, Andreas proposait d'établir quelques familles de plongeurs sur le continent pour louer leurs services aux pêcheurs de la côte.

L'alchimiste leva les yeux et croisa le regard d'Alexander. Un air enjoué illuminait son visage.

« Qu'en pensez-vous ? demanda le monarque.

— Je pense que vous avez gagné la guerre, Votre Majesté. Ces accords commerciaux vont renflouer les caisses du royaume. Les derniers tonneaux de Nectar'Miel me permettront par ailleurs d'achever mes expériences.

— En avez-vous déterminé la recette ?

— Pas encore, mais ces derniers jours de travail ont été fructueux. Nous pourrons bientôt essayer de produire notre propre nectar. »

C'était une réponse évasive, sans engagement précis, mais Alexander ne sembla pas le relever.

« Excellente nouvelle ! s'exclama-t-il. Et vous, Leivik ? Avez-vous changé d'avis ?

— Ces rebelles souhaitent une certaine indépendance, mais ils reconnaissent votre autorité, jugea le ministre. Nous n'avons jamais été très présents dans la gestion économique et le gouvernement des îles Liberté. Je ne vois pas d'inconvénient à créer officiellement un protectorat du royaume, si nous exigeons des rapports réguliers sur leurs activités et sur les décisions de leurs institutions.

— Vous avez raison. Soyons honnêtes, je me moque de ces îles battues par le vent, du moment que leurs impôts remplissent mes caisses et qu'elles ne dédaignent pas mon autorité ! Andreas peut bien se faire appeler gouverneur… »

Il se frotta les mains avec satisfaction. Les propositions des rebelles lui convenaient. Elles lui épargnaient des dépenses supplémentaires pour conclure cette guerre maritime désastreuse. Il se félicitait d'avoir tenu ce bras de fer depuis deux mois. Cette victoire était toute à sa gloire ! Ces îles redeviendraient une source de richesse pour son gouvernement malmené.

L'alchimiste déposa la lettre sur la table. Il était soulagé d'apprendre que le conflit allait enfin se terminer. Il pourrait se consacrer de nouveau à ses recherches. Et personne ne tenterait plus de le tuer…

« J'ai une dernière mission à vous confier, lança Alexander.

— Je suis à vos ordres, Votre Majesté.

— Andreas acceptera de signer le traité de paix à condition d'être rassuré sur l'état de santé de sa sœur. Il souhaite récupérer un collier caché sur le *Trésor*, dans une cachette connue d'elle seule. Je refuse cependant que Séléna quitte l'enceinte du palais… Demandez-lui de vous révéler son emplacement. À l'intérieur de cette cachette, vous trouverez un coffre qui ne peut se déverrouiller qu'à l'aide d'une obsidienne et d'un sortilège alchimique. Je vous charge de récupérer ce bijou et – tant que vous y êtes – le troisième tonneau de Nectar'Miel. Puisque nous allons en recevoir d'autres, je suggère de le boire à notre victoire ! »

Misha s'inclina avec un pincement au cœur. Il espérait que la princesse n'en profiterait pas pour lui apprendre un poème capable de l'assassiner, par une métaphore grossière ou une rime maladroite…

« Princesse, vous n'y pensez pas ! s'écria Valérian. Je suis votre garde du corps ! »

L'homme était furieux. Il fixait Séléna avec un air de défi.

Le roi Alexander avait interdit à la princesse de quitter le palais. Il craignait qu'elle ne s'enfuît avant la fin des négociations avec son frère. D'un autre côté, Séléna ne voulait pas révéler à Misha l'emplacement de la cachette secrète du *Trésor* et le poème qui permettait de l'ouvrir. Ces mots secrets devaient rester au sein de son peuple. Elle ne souhaitait les confier qu'à son garde.

« Je refuse de vous laisser sans protection, reprit ce dernier. Envoyez plutôt votre femme de chambre.

— La guerre est terminée, Valérian. Je ne crains rien entre les murs de ce palais. Accompagnez Misha pour lui montrer la cachette secrète du *Trésor*. Votre présence sera pour lui un gage de sécurité lorsqu'il déverrouillera le coffre. »

L'homme passa nerveusement sa main dans ses cheveux roux. Les traits de son visage étaient tendus.

« Je ne m'éloignerai pas de vous, affirma-t-il.

— Pourtant je vous l'ordonne. »

La princesse fronça les sourcils. Une ombre obscurcit son regard d'azur.

« Je ne le répèterai pas », ajouta-t-elle.

Misha observait les deux interlocuteurs avec effarement. Il ne comprenait pas leur soudaine dispute.

« Si je peux me permettre, dit-il doucement, nous devons simplement ramener votre collier. Nous serons revenus avant la nuit. »

Ils se tournèrent tous les deux vers lui, regard saphir et regard émeraude. L'alchimiste déglutit devant leurs expressions fâchées. Comment pouvaient-ils lui en tenir rigueur ? Il n'y était pour rien !

Valérian souffla profondément. Il rassembla ses esprits.

« Très bien, seigneur Misha, je vous accompagnerai, accepta-t-il. Princesse, promettez-moi de rester prudente pendant mon absence.

— Comme toujours », minauda-t-elle.

Elle se pencha à l'oreille de son protecteur pour lui révéler l'emplacement de la cachette et son poème d'ouverture. Valérian hocha la tête avec raideur, sans desserrer les lèvres, et sortit de la pièce d'un pas vif.

Elle apprit ensuite à Misha l'invocation qui déverrouillait le coffre, un alexandrin qu'il recopia sur son grimoire pour ne pas l'oublier et pour vérifier son nombre de pieds. Il n'avait qu'une confiance limitée en cette princesse. Son sourire victorieux n'était pas de bon augure.

L'alchimiste monta sur le pont avec précaution. Le port était calme, mais le clapot faisait tanguer le bateau et la passerelle en bois qui permettait d'y accéder. L'amiral Pavel était censé les accueillir à leur débarquement de la rivière de vif-argent, mais il ne s'était pas montré. Un de ses hommes leur avait annoncé qu'il les rejoindrait dans la cabine du capitaine.

Des marins s'affairaient en tous sens pour achever les réparations du *Trésor*. Les voiles déchirées avaient été recousues ou remplacées. Des talismans neufs avaient été accrochés au sommet du mât et sur le pourtour du navire. Un jeune mousse était penché au-dessus de l'eau pour lustrer la proue, un buste de sirène. Alexander n'avait pas attendu la réponse du prince des rebelles pour s'emparer du précieux vaisseau. Il deviendrait vite le fleuron de sa flotte.

Le chef d'orchestre de cette opération portait un bonnet blanc surmonté d'un pompon rouge. Petit et râblé, il hurlait des ordres qui retentissaient dans le port. Misha croisa son regard. Il lui semblait avoir déjà vu ce visage.

« Seigneur Misha, venez-vous ? », appela Valérian.

Le protecteur de Séléna avait ouvert la cabine du capitaine. Le vent jouait avec ses cheveux roux.

L'alchimiste soupira et descendit les marches à son tour. Il ressentit la même surprise que la première fois en entrant dans la suite luxueuse. Les parois d'acajou ménageaient un espace au centre duquel se tenaient une table en chêne massif et des sièges en cuir. Misha résista à l'envie de toucher la tapisserie flamboyante qui représentait une cité engloutie où nageaient des sirènes. La lumière qui s'échappait des fenêtres attirait ses doigts…

Un bruit sec le fit sursauter. Valérian venait de débarrasser le buffet en marqueterie des objets qui l'encombraient. Sa surface était quadrillée de carrés de teck, de noyer et de nacre. Avec concentration, il marmonna une formule et appuya sur le bois dans une combinaison connue de lui seul. Les carreaux multicolores s'enfoncèrent sous ses pressions et remontèrent lentement. Des craquements se firent entendre, mais aucune cachette ne se révéla.

Valérian s'acharna quelques minutes avant de s'éponger le front. Un éclat de doute traversa son regard. Il pencha la tête en direction de Misha.

« Cela va prendre plus de temps que prévu, le prévint-il. L'attaque du navire a dû rouiller le système. Pour patienter, je suppose que vous pouvez vous servir un verre de rhum… »

L'alchimiste ne se le fit pas répéter deux fois. Il posa son grimoire sur la table. Il se sentait désœuvré et l'atmosphère confortable de la cabine invitait à une petite dégustation. Il retrouva facilement le bar dissimulé dans un buffet ouvragé, comme le lui avait montré l'amiral Pavel, et en sortit une bouteille de Guazu millésimé.

« Certaines cachettes sont plus faciles à trouver que d'autres, n'est-ce pas ? », se moqua gentiment Valérian.

Misha l'admettait volontiers. Tout n'était qu'une question de motivation et la sienne se trouvait décuplée en présence d'une telle boisson. Il déboucha joyeusement la bouteille et inspira ses arômes vanillés. Il en servit deux verres généreux – l'heure n'était pas à la pingrerie.

« L'inverse m'aurait étonné », lança son djinn dans sa tête.

L'inventeur s'installa dans un des fauteuils de la pièce.

« C'est une juste récompense, se défendit-il en pensée.

— Une récompense ? Tu n'as pas encore ouvert le coffre !

— Je m'y prépare. »

Il apprécia à sa juste valeur le rhum qui tapissa sa gorge d'une texture lourde et riche. Il partageait cette caractéristique avec le Nectar'Miel, même si ce dernier n'était clairement pas produit à base de cannes à sucre.

« Délicieux, ne put-il s'empêcher de remarquer.

— Vous appréciez vraiment l'alcool.

— Ce n'est pas une question d'alcool, mais de complexité aromatique… J'aime autant la subtilité de ces boissons que l'assaisonnement de certains plats. J'aime sentir les épices jouer avec mes papilles, titiller mon nez ou frapper mon palais. Le plaisir est dans la dégustation et non dans le degré d'alcool. Tout est une question de *goût.* C'est un sens extraordinaire. »

Valérian eut un sourire sincère, en même temps qu'un léger choc se répercutait dans la coque du navire – l'équipage avait dû faire tomber une caisse sur le pont. Le garde cessa de s'acharner sur la marqueterie et vint s'asseoir en face de lui. Il leva son verre et y trempa les lèvres.

« Je partage votre avis, dit-il de sa voix de baryton. La vie est pleine de plaisirs simples. Les îles Liberté essuient des tempêtes régulières ; les jours sans pluie ou sans vent sont rares. Le quotidien des îliens est rude. Notre philosophie nous invite à profiter de chaque petit bonheur qui s'offre à nous, car nul ne sait ce qu'il adviendra des jours à venir.

— Cette vision me plaît.

— Les marins ressentent le passage du temps d'une façon plus intense que les terriens. Ils peuvent partir des semaines en mer, seuls à lutter contre les éléments déchaînés, et ils en reviennent avec une soif de vivre insatiable. Le danger de leur périple est réel et palpable. Ils ont conscience que leur esquif peut facilement être emporté et brisé par les vagues. La vie est fragile. Ils ont tout intérêt à l'apprécier à sa juste valeur !

— J'ai cru comprendre qu'ils avaient le goût du danger et des émotions fortes… »

Valérian haussa les épaules.

« La nature capricieuse de l'océan change leur état d'esprit, admit-il. Les marins finissent par aimer la fièvre qui les anime en pleine tempête, lorsqu'un seul geste peut les sauver ou précipiter leur perte. Ils développent une certaine agressivité qui n'est que l'expression d'un besoin plus profond, d'une violence de vivre qui les caractérise… Leurs camarades sont les seuls à comprendre leur errance. La communauté des îles Liberté a été fondée autour de ces existences cousues de vent et de sel. »

Misha n'avait jamais eu l'occasion de discuter seul à seul avec Valérian. Il découvrait une autre facette de ce peuple méconnu. Il but une gorgée de rhum en admirant les tapisseries de fils d'or et de turquoise.

Un nouveau choc fit vibrer le navire.

« Nous avons trouvé ces tapisseries dans une épave, confia Valérian. Croyez-vous que les sirènes existent vraiment ?

— Je suis surpris que vous me posiez la question. Votre princesse n'a cessé de raconter des légendes autour d'un peuple marin avide de Nectar'Miel…

— Certes, mais nous sommes entre nous désormais. Plus personne ne vous jugera sur vos opinions. »

L'alchimiste lui jeta un regard de travers.

« Je ne les ai jamais cachées, rappela-t-il. Je suis persuadé que vous avez inventé toutes ces histoires.

— Vous n'avez pas complètement tort, rit Valérian. Notre princesse adore les légendes de notre peuple. Son imagination fertile a embelli son discours. »

Misha leva un sourcil.

« Je n'ai toujours pas compris dans quel but, avoua-t-il. Il suffisait de goûter ce fabuleux nectar pour comprendre qu'il s'agissait d'une boisson très particulière… Vous n'aviez aucune raison de broder un tel tissu de mensonges.

— Je vous assure que ces tonneaux ont macéré dans l'océan.

— Pas des siècles, alors. Aucun sortilège de protection ne pourrait durer aussi longtemps. Chaque enchantement a besoin d'une source d'énergie qui s'épuise peu à peu… Les trésors engloutis souffrent eux aussi de cette loi immuable. Je vous soupçonne de masquer la vérité sur la provenance de ces tonneaux. »

Un sourire éclaira le visage de Valérian. Sa mâchoire carrée se détendit à peine.

« Votre perspicacité est tout à votre honneur, s'amusa-t-il. Vous êtes le seul à douter de l'origine mythologique de ce nectar. Les habitants du palais sont persuadés d'avoir goûté une boisson miraculeusement sauvée d'une civilisation disparue.

— C'est ce que vous vouliez, n'est-ce pas ? »

Il hocha la tête.

« Bien sûr, et sans le savoir, vous nous avez grandement aidés. Vos expériences ont laissé le temps à la légende de se répandre et de prendre de l'ampleur… Tous les habitants de la capitale rêvent de tremper leurs lèvres dans une coupe de Nectar'Miel. C'était bien notre intention.

— Mais pour quelle raison ? »

Valérian sourit à sa question.

« Vous le saurez bien assez tôt. »

Le garde finit son verre de rhum et se leva en roulant des épaules. L'assurance qu'il dégageait effrayait un peu Misha. L'inventeur se tassa malgré lui dans le cuir rembourré de son fauteuil. Il se sentait tout petit devant cet homme à la carrure imposante.

« Pourquoi l'amiral Pavel n'est-il toujours pas arrivé ? s'inquiéta soudain son djinn. *Ce n'est pas normal. »*

Avec une certaine nervosité, Misha imita son hôte en terminant son verre.

« Combien de temps vous faut-il encore pour ouvrir cette fameuse cachette ? demanda-t-il d'une petite voix. Nous devrions retourner au Palais Suspendu.

— Seigneur Misha, oubliez ce palais et ses courants d'air… Vous n'y reviendrez plus. Vous avez l'âme d'un marin ! Vous avez fait une escale dans cette forteresse venteuse, mais votre vie là-bas est terminée. »

L'inventeur se figea. Un oiseau-lyre se matérialisa près de lui dans un halo argenté.

« Je le savais ! s'horrifia le génie. *Sors d'ici, Misha ! »*

Valérian leva la main devant sa réaction inquiète.

« Ne craignez rien, reprit le garde aux yeux verts, vous n'allez pas mourir aujourd'hui, mais je vous déconseille de revenir auprès du roi Alexander. Vous savez qu'il déteste la trahison. »

Le cœur de l'alchimiste se serra.

« Que voulez-vous dire ? couina-t-il en se maudissant d'en perdre sa voix.

— Voyons, libérer l'équipage rebelle pour voler le *Trésor* va faire de vous le traître le plus recherché du royaume. Tous ces bijoux, ces statuettes, ces tapisseries… Vous allez devenir riche, mais j'espère que vous avez conscience de la gravité de votre acte.

— Mais je n'ai rien volé du tout !

— Vous êtes pourtant venus sur ce navire juste avant qu'il prenne le large. Admettez que la coïncidence est curieuse. »

L'alchimiste se leva avec frayeur. La tête lui tournait, tandis que les battements de son cœur s'accéléraient. Il eut soudain conscience que ce n'était pas un effet de l'alcool. Le roulis s'était accentué depuis le début de leur conversation.

Le bateau avait quitté le port.

« Vous m'avez tendu un piège ! s'époumona-t-il. Laissez-moi sortir d'ici ! »

La porte de la cabine s'ouvrit brusquement sur le marin au bonnet blanc et pompon rouge. Il avait été alerté par les cris. Misha se rappela soudain où il avait croisé ce visage : cet homme était un des rebelles emprisonnés dans la cale du *Trésor*, à sa première visite. Comment l'équipage s'était-il libéré ?

« Ah ! Capitaine, le salua Valérian. J'expliquais la situation à notre invité.

— Je suis ravi d'accueillir un célèbre alchimiste sur mon navire », répondit l'autre avec une grimace.

Le sourire édenté glaça le sang de Misha. Ses jambes lui firent défaut et il se rassit bruyamment dans son fauteuil. Dans quelle affreuse aventure avait-il été embarqué ?

« Que voulez-vous de moi ? demanda-t-il d'un ton malheureux. Je pensais que la guerre était terminée…

— Grâce à vous, peut-être, annonça Valérian avec sérieux. Nous prendrons le temps de discuter plus longuement. »

Il sortit en compagnie du capitaine. Misha resta seul dans la cabine, en face d'une bouteille de rhum entamée et de sirènes narquoises. Frappé de stupeur, il se lamentait de sa malchance. Son regard se posa sur son grimoire. Hélas, il savait pertinemment qu'aucun de ses sortilèges ne pouvait l'aider à désarmer un équipage entier.

« Que vais-je devenir ? songea-t-il avec angoisse. *Ces rebelles vont me tuer ! »*

Son oiseau-lyre était également sous le choc. Il ne fit aucun commentaire lorsque l'inventeur se resservit un autre verre.

CHAPITRE VIII

Le sable et les rochers sont souvent tapissés
D'algues et de varech aux saveurs épicées,
Poivre, anis, muscade, fins plaisirs des sirènes,
Grâces des cuisines dont elles sont souveraines.

« Route des épices »
L'Alchimie du Goût – Poèmes gustatifs et applications, Vol. I

Prisonnier d'un navire en fuite…

Traître à sa patrie…

Misha était dans une impasse. Les repères de sa vie avaient été jetés au vent. Au bout de trois jours de captivité, son inquiétude ne s'était toujours pas calmée.

Le *Trésor* voguait à toute allure sur l'océan. Les deux premiers jours, le navire s'était laissé porter par le courant pour longer la côte du Royaume Aérien, vers le nord. Il s'en éloignait désormais pour redescendre en direction de l'archipel des îles Liberté. Les talismans qui bordaient le pont diffusaient un mélange de magie aquatique et de magie aérienne qui entourait le vaisseau d'une brume blanchâtre afin de le dissimuler aux regards. Les rayons du soleil se reflétaient sur ce brouillard et créaient une illusion d'optique pour offrir aux marins un semblant d'invisibilité.

Les rebelles n'avaient croisé qu'un seul navire ennemi qui rebroussait chemin. L'alchimiste avait pris son courage à deux mains pour lancer un sortilège de lumière dans le ciel, pour trahir leur position et attirer l'attention de la flotte royale. Hélas, un marin l'avait assommé pour interrompre le sort. Il n'avait pas eu d'autre occasion de s'échapper. Il avait fini par renoncer à tout espoir de salut.

L'alchimiste se tenait à l'arrière du bateau, le regard fixé sur l'horizon. Les vagues projetaient des volées d'embruns glacés dont il ne se protégeait plus. Son esprit était sous le choc. Il repensait avec effarement au piège qui s'était refermé sur lui.

« Tous ces mensonges », songea-t-il avec amertume.

L'équipage prisonnier du *Trésor* avait été libéré peu de temps avant l'arrivée de Misha et de Valérian. Des renforts avaient été envoyés par le roi des îles Liberté. Ils avaient débarqué loin du village de pêcheurs, avant d'infiltrer le port et d'assommer l'amiral Pavel et ses hommes. Ils les avaient ensorcelés et ligotés sur les quais. Le navire avait pris le large dès que Valérian avait actionné les sortilèges d'invisibilité du *Trésor* depuis la cabine du capitaine.

Le gouvernement du Royaume Aérien avait reçu une fausse lettre signée de la main d'Andreas, le roi des rebelles. Elle témoignait de sa stupeur en apprenant que l'alchimiste avait été soudoyé pour attaquer l'amiral Pavel et libérer l'équipage prisonnier. Les marins du *Trésor* s'étaient mutinés contre Valérian et l'autorité des îles Liberté. Ils avaient emprisonné le garde dans la cale et levé les voiles pour s'enfuir à l'autre bout du monde, loin du conflit qui déchirait le royaume. Ils avaient écrit au roi Andreas pour négocier une rançon pour le garde du corps de Séléna.

Quant à Misha, le faux courrier prétendait qu'il allait disparaître à l'étranger pour revendre les bijoux du *Trésor* et terminer ses recherches sur le dernier tonneau de Nectar'Miel. Il souhaitait lancer la fabrication d'un alcool de synthèse et le commercialiser à son propre compte, au lieu d'en faire profiter son seigneur et maître…

« Je suis piégé, se lamenta l'inventeur auprès de son djinn. *Le roi Alexander n'a aucune raison de me croire innocent !*

— Qui sait, il pourrait avoir un sursaut d'intelligence et comprendre la supercherie…

— Ces satanés rebelles ont pensé aux moindres détails. Ils préparaient ce mauvais coup depuis le début. »

Isidore, son valet, ne pouvait que témoigner des tentatives de corruption que la princesse Séléna avait amorcées. L'amiral Pavel évoquerait sûrement le souvenir d'une démarche semblable de l'équipage ennemi pendant sa première visite du *Trésor*. Le roi Alexander avait déjà eu des soupçons à son égard et lui en avait fait part à demi-mot. Il devait désormais être persuadé de la culpabilité de son alchimiste, trop émerveillé par les saveurs exquises du Nectar'Miel pour résister à la tentation d'en devenir le créateur. Il devait fulminer en songeant à cette traîtrise impardonnable.

« Garde espoir ! souffla son oiseau-lyre. *Quelqu'un s'étonnera sûrement que tu aies laissé de rares traités d'alchimie derrière toi, un oubli que tu n'aurais jamais fait si tu avais prémédité ton départ.*

— Cela ne changera rien au sort qui m'attend…

— Les rebelles t'auraient déjà tué depuis longtemps, s'ils l'avaient souhaité. »

Derrière l'alchimiste, des bruits de pas claquèrent sur les planches du pont. Le responsable de sa ruine approchait avec deux bols de soupe fumante. Le vent jouait dans ses cheveux roux.

« Tenez, Misha », fit Valérian en lui tendant l'un des bols.

L'inventeur devina qu'il s'agissait d'une bouillie de poisson à l'odeur forte qui s'en dégageait.

« Je vois que vous m'en voulez encore, soupira le garde.

— Comment pourrait-il en être autrement ? Vous m'avez fait prisonnier et vous avez ruiné ma réputation.

— Vous êtes le gage de notre victoire. »

L'alchimiste haussa les sourcils.

« Je vous expliquerai tout en temps voulu, assura Valérian. Je ne peux prendre aucun risque tant que nous ne sommes pas arrivés à destination. Si la flotte du roi Alexander nous attaque, vous pourriez trahir nos plans. Ce que vous savez déjà placerait le gouvernement des îles

Liberté dans une situation très dangereuse. Mieux vaut que vous ignoriez notre véritable objectif. »

Le garde du corps avait les traits creusés de fatigue. Ces derniers jours, il s'était longuement enfermé dans sa cabine pour écrire des lettres au roi des rebelles ou à la princesse Séléna. Les renforts qui avaient libéré l'équipage avaient apporté des mouettes apprivoisées qui pouvaient traverser l'océan pour transporter des messages enroulés autour de leurs pattes.

Le roi Alexander avait commis une erreur en offrant trop de liberté à la belle étrangère et à ses compagnons. Séléna correspondait avec son frère Andreas depuis des jours, en toute impunité. Elle était à l'origine du piège organisé autour du faux collier caché dans le *Trésor*.

« Puisque vous correspondez avec elle, lança Misha, savez-vous où en sont les négociations ? Une fois la guerre terminée, vous n'aurez plus de raison de me retenir prisonnier… »

Le garde but une gorgée de soupe.

« Le gouvernement de Borya a accepté nos conditions, déclara-t-il. Votre disparition et celle du *Trésor* n'ont pas eu de conséquences pour la rédaction du traité de paix. Cependant, notre roi refuse de se rendre au Palais Suspendu pour le signer. Votre trahison laisse en effet penser que la cour d'Alexander cache d'autres ministres corrompus, voire des assassins… »

L'inventeur manqua de s'étouffer avec sa soupe.

« De mieux en mieux, murmura-t-il. On me compare avec des assassins… »

Le garde sourit et haussa les épaules.

« La paix est plus importante que la vérité, assura-t-il avec conviction. Ce n'est qu'un petit mensonge.

— C'est vous qui le dites. »

Valérian partit d'un grand éclat de rire.

« Nous connaissons tous deux la vérité, dit-il. Peu importe ce que croient le roi Alexander et ses ministres. Vous n'aurez plus à vous en soucier.

— La guerre va-t-elle vraiment se terminer ?

— La princesse Séléna va signer le traité de paix au nom des îles Liberté. Puisque le *Trésor* a disparu par votre faute, elle sera libérée en échange du bateau rempli de bijoux promis dans les négociations, le *Courage*.

— Je suppose que votre roi l'a déjà envoyé pour sceller cet accord. »

Il fit non de la tête. La joie déserta son visage au profit d'une soudaine angoisse.

« La situation est complexe, le détrompa-t-il dans un murmure. Nous avons menti sur l'étendue de nos richesses. Nous ne possédons pas d'autre vaisseau que celui-ci et peu de bijoux… La princesse n'est pas encore sauvée de l'emprise de ce tyran. Par ailleurs, elle raconte dans sa dernière lettre que l'attachement du roi à son égard augmente de jour en jour, bien plus vite qu'elle ne le souhaite. Alexander est aussi brutal qu'impulsif. Nous devons agir rapidement avant qu'il ne songe à inclure d'autres conditions plus personnelles dans ce traité.

— Comme un mariage ? Votre princesse a tout fait pour qu'il s'entiche d'elle.

— Je partage votre avis, malheureusement. »

Un froncement de sourcils assombrit son visage. Misha aurait juré entendre une pointe de jalousie dans sa voix. Son affection dépassait-elle celle qu'un simple garde du corps pouvait ressentir pour sa princesse ?

« Elle risque de se faire prendre à son propre jeu, affirma Valérian. Un mariage signerait notre défaite. »

Avec un soupir, il s'excusa avant de s'éloigner.

Misha resta seul sur le pont. Il but une nouvelle gorgée de soupe pleine d'amertume et à la texture râpeuse.

Il était perplexe devant toute cette histoire. À quoi bon négocier avec des richesses imaginaires et des promesses impossibles à tenir ? Pourquoi séduire le roi, mais craindre un mariage ? Et enfin que faisait-il, *lui*, sur ce bateau ? La stratégie des rebelles était incompréhensible.

Les îles Liberté apparurent au quatrième jour. Une barre sombre sembla sortir de l'océan et couper l'horizon bleuté. Au fur et à mesure que le voilier se rapprochait, la bande grossit et se découpa en collines, en forêts et en falaises abruptes. Le *Trésor* s'engagea en fin de journée dans une baie calme et protégée des courants.

Valérian, Misha et une partie de l'équipage débarquèrent sur une plage de galets. L'alchimiste était leur prisonnier, mais personne ne l'avait entravé pour préserver sa dignité. Où pouvait-il s'enfuir, de toute façon ? Il avait été piégé. Il était à leur merci, quels que soient les plans qu'ils avaient en tête. Il remonta la grève sans tenter de s'échapper.

Au-devant de lui, son djinn volait sous sa forme d'oiseau-lyre. Depuis la capture de Misha, le génie avait abandonné ses remarques sarcastiques ou moralisatrices. Il ne cessait de le soutenir par des paroles encourageantes, l'invitant à ne pas perdre espoir.

Les marins empruntèrent un sentier côtier qui traversait une végétation clairsemée de pins. L'air était imprégné de sel. Une odeur persistante d'algues et de coquillages rappelait l'emprise de l'océan sur ce sanctuaire. Misha s'y habitua sans mal. Quelques jours de navigation avaient modifié ses repères olfactifs. Il retira un peu de plaisir à accueillir les senteurs boisées et terreuses qui parfumaient leur trajet.

Le groupe partit à l'assaut des collines qui cabossaient l'île. Des amas de ronces desséchées témoignaient d'une bruyère qui devait en coloniser les versants les plus sauvages. En dépit du vent qui soufflait en provenance de la mer, la température était plus douce que dans les terres qui entouraient le palais de Borya. Misha desserra son manteau et suivit ses gardiens dans leur ascension.

Il ignorait leurs intentions à son égard. Valérian lui avait annoncé que le gouvernement des îles Liberté devait le juger et décider de son avenir. Il risquait selon lui davantage l'exil que la mort, mais Misha n'en avait pas été rassuré pour autant… Il aurait préféré monnayer sa vie avec le roi Alexander, en mesure de payer une rançon conséquente pour son fidèle alchimiste. Ce sauvetage n'était hélas qu'un fantasme, car les rebelles ne pouvaient pas prendre le risque de dévoiler leurs mensonges.

L'alchimiste souffla en parvenant au sommet de la colline. En contrebas, il distinguait le *Trésor* amarré à l'abri d'une baie de roche et de verdure. Le soleil faisait étinceler la sirène qui ornait la proue du bateau. Quelques pas l'éloignèrent de cette vue sur l'océan. Il suivit les marins qui s'enfoncèrent davantage dans les terres.

Ses pensées le ramenaient inlassablement à ses souvenirs du Palais Suspendu. Il avait tout perdu : sa carrière, ses grimoires, ses alambics… Il ignorait s'il reverrait un jour la forteresse. Certes, il avait détesté ces murs glacés et balayés par les courants d'air, mais il avait apprécié ses vastes appartements qui s'ouvraient sur les montagnes et le soleil couchant. Ces dernières semaines lui avaient offert un confort qu'il avait rarement connu.

Misha devait abandonner cette vie derrière lui. Il n'aurait jamais l'occasion de défendre ses arguments devant le roi Alexander. Deviendrait-il le prisonnier des rebelles, ou serait-il condamné et exécuté pour avoir participé à une guerre meurtrière ? Elle avait coûté la vie aux parents de Séléna, les monarques autoproclamés des îles Liberté…

Il n'osa pas interroger une nouvelle fois Valérian qui le devançait de quelques pas. Le garde avait retrouvé une ombre de sourire en débarquant sur la terre ferme, mais il avait l'esprit préoccupé par la situation précaire de sa princesse. Séléna était à la merci d'un roi qui venait de perdre son meilleur alchimiste, un vaisseau luxueux et la recette d'un fabuleux nectar qui aurait pu le rendre riche. D'après les lettres envoyées par la princesse, le monarque était impatient de mettre fin à cette guerre et de prendre possession du *Courage* et de ses bijoux. Il avait les nerfs exacerbés. La jeune femme devait rivaliser d'imagination pour le distraire et éviter son courroux.

Elle le manipulait ainsi avec habileté, pour le séduire tout en le dressant contre sa mère. Cette ruse la rendait détestable aux yeux de l'ancienne régente, qui s'opposait farouchement à toute relation entre son fils et une barbare. La reine était son dernier rempart contre un mariage dont elle ne voulait pas. Son plan était cependant d'une telle instabilité qu'un rien pouvait faire pencher la balance, dans un sens comme dans l'autre… Le souverain pouvait tout autant l'épouser que céder à la violence.

Le vent se calma au fur et à mesure que la pente déclinait. Le chemin longea bientôt des parcelles cultivées. Des champs labourés montraient des rangées de salades, de choux et de carottes qui dépassaient en touffes vertes du ras du sol. Les mauvaises herbes croissaient au milieu des légumes, en un tapis clairsemé de mousse et de motifs colorés. Les îliens ne semblaient pas se soucier de les déraciner pour soulager leur production.

« Vous feriez mieux d'enlever ces mauvaises herbes, ne put s'empêcher de marmonner Misha. Vos légumes sont complètement asphyxiés. »

Sa remarque sortit Valérian de son mutisme. Il haussa les sourcils d'un air surpris.

« Depuis quand les alchimistes connaissent-ils les secrets de l'agriculture ? s'étonna-t-il. Ces *mauvaises herbes*, comme vous dites, ne changent rien à notre rendement agricole… Elles gênent tout au plus le ramassage de nos légumes.

— Elles épuisent les nutriments de la terre et l'affaiblissent en grandissant.

— Détrompez-vous, Misha. Lorsqu'elles meurent, elles rendent au sol ce qu'elles lui ont emprunté, avec un petit bonus nutritionnel. Nous avons tout intérêt à les préserver. Dans cet archipel, nous avons peu de terre cultivable. Nous calculons tout sur le long terme, seule condition pour garantir notre survie… »

Misha médita ces paroles. Il n'imaginait personne laisser volontairement son terrain à la merci des pissenlits, des chardons et des trèfles, autant de nuisances qui pouvaient faire de l'ombre aux légumes utiles et attirer toutes sortes d'insectes. Il n'était pas convaincu, mais les rebelles devaient mieux connaître leur climat que lui. Il observa les alentours avec sa curiosité habituelle. Ces mauvaises herbes étaient peut-être différentes de celles qui demandaient aux paysans des journées d'effort pour en débarrasser leurs champs. Il aurait voulu s'approcher pour en prélever quelques échantillons.

« Je ne vous crois qu'à moitié, admit l'alchimiste. Je suppose que vous êtes trop peu nombreux pour maintenir ces champs dans un état correct.

— À vous entendre, les marins ne sont doués que pour pêcher des sardines et boire du rhum. Pourtant, je connais certains terriens qui tiennent mieux l'alcool qu'eux… »

Misha fronça les sourcils.

« Vous vous moquez de moi !

— Ne prenez pas cet air renfrogné, s'amusa Valérian. Ne trouvez-vous pas cette île superbe ? »

Morose, l'alchimiste haussa les épaules sans donner raison à cet homme insaisissable. Contrairement à toute attente, cette île n'était pas qu'un tas de cailloux et de ronces. Il ne pouvait cependant pas s'extasier de cette découverte tant qu'il ignorait où le menait ce voyage. Sa présence n'était qu'un malheureux concours de circonstances, le résultat d'une guerre d'usure, de calculs politiques désastreux et d'illusions économiques.

Le soleil se rapprochait de la cime des collines environnantes. La journée se terminait. Les marins accélérèrent leur pas. Misha sentait leur impatience de retrouver leurs proches après plusieurs jours de voyage et de captivité. Ils avalaient la distance à grandes enjambées.

Le paysage changea encore. Des rangées de poteaux en bois étaient plantées dans les champs et supportaient des barres horizontales, sur différentes hauteurs, comme des échelles insolites enfoncées dans la terre et reliées les unes aux autres. Une vigne étrange était suspendue aux barres les plus hautes. De longues branches souples se balançaient au gré du vent, en amas touffus qui s'emmêlaient et touchaient presque le sol. En cette fin d'automne, leurs larges feuilles étaient racornies et jaunissantes. Aucun fruit ne venait expliquer la nature de cette plante grimpante. Misha n'avait jamais vu une culture semblable.

« De quoi s'agit-il ? demanda-t-il.

— Je savais que vous seriez surpris », sourit Valérian.

Le garde fit un large geste de la main pour désigner le champ devant eux.

« Il s'agit d'une vigne de houblon sauvage, que l'on appelle aussi salsepareille grimpante. Elle colonisait le nord de l'île dans les zones abritées du vent. Nos ancêtres coupaient ces vignes, car elles parasitaient les arbres de leurs forêts et les étouffaient peu à peu. Nous avons décidé de les cultiver.

— Vous aimez à ce point les mauvaises herbes ?

— Nous leur avons trouvé une utilité. Nous ne laissons rien au hasard. »

Il rattrapa les marins qui avaient pris de l'avance sur les deux hommes. Misha fut contraint de le suivre et de ravaler ses interrogations. Ces îliens semblaient privés de bon sens. Il s'attendait au pire pour la prochaine surprise promise par le garde. Une culture de mousse et de champignons sur la place du village ? Ces rebelles étaient déconcertants.

Le sentier contourna une nouvelle colline. Cette fois, l'alchimiste devina qu'ils arrivaient à destination. Au bord d'une falaise qui surplombait l'océan, une cité de pierre se dressait contre le vent et les embruns. Plusieurs centaines de cheminées laissaient échapper des filets de fumée. Des drapeaux gris et bleus claquaient sous les rafales. Misha ne pensait pas découvrir une ville aussi étendue.

Un manoir imposant se trouvait à l'aplomb de la falaise et dominait les autres habitations. Des lanternes étaient suspendues aux fenêtres ouvragées. Le soleil couchant léchait de ses rayons les ardoises du toit.

« Bienvenue à Ysmil, la capitale des îles Liberté, annonça Valérian. Qu'en pensez-vous ?

— Je m'attendais à un simple village, avoua l'alchimiste.

— Plusieurs villes se sont établies dans les îles de notre archipel. Ysmil est la plus grande. Nous avons peu de terres cultivables, mais la mer nous apporte suffisamment de ressources pour vivre et commercer avec les royaumes voisins. Les terriens ont tort de croire que nous formons une nation de pêcheurs illettrés.

— Je n'ai jamais dit... »

Un regard amusé du garde fit mourir sa remarque sur ses lèvres. Misha avait toujours tenu en piètre estime ces rebelles dont il méconnaissait l'existence. Par ignorance ? Par mépris ? Il devait bien avouer son désintérêt pour les célèbres pêcheurs de morues phosphorescentes.

« Ne vous vexez pas, reprit Valérian. Nos ancêtres sont largement responsables de cette situation... Ils préféraient garder le secret sur notre fortune, toute relative, mais qui nous a permis de construire une société autonome et florissante. Ils ne souhaitaient pas attirer l'attention des nations puissantes qui nous entourent. »

Son regard émeraude s'assombrit.

« L'Histoire a montré qu'ils avaient raison d'agir ainsi, murmura-t-il. L'état de nos finances a fini par s'ébruiter jusqu'aux oreilles du ministre Lemil, puis du roi Alexander. Notre richesse, aussi modeste soit-elle, a eu tôt fait d'attirer leur convoitise... Les exigences de plus en plus fortes du gouvernement de Borya étaient dénuées de sens. Que nous offrait le Royaume Aérien en retour ? Aucune protection militaire, aucune aide financière ou culturelle. Nous n'avions que les inconvénients d'une tutelle autoritaire. Notre Conseil a choisi de faire sécession en instituant la première lignée royale des îles Liberté. »

Les hommes entrèrent dans la cité minérale. Des croûtes de sel étaient accrochées aux pierres des murs. La majorité des portes et des fenêtres étaient closes. La nuit n'allait pas tarder à tomber.

« Que pensez-vous vraiment de cette guerre, Misha ? demanda le garde. Parlez à cœur ouvert. »

L'alchimiste lui jeta un regard curieux.

« Que pourrais-je vous dire ? s'étonna-t-il. Je suis un mage pacifique, pas un conseiller politique.

— Vous venez de passer plusieurs semaines à la cour du roi Alexander pour le fournir en armes de toute sorte. Vous avez forcément un avis sur cette situation.

— Je pense que les caisses du royaume sont vides et que le roi s'inquiète à l'idée d'être détrôné par ses sujets à coups de pieds. L'automne se termine et l'hiver sera rude. Les tensions montent dans la plupart des régions du royaume. Alexander est un homme brutal, mais il ne vous aurait pas déclaré la guerre par simple désir de conquête. Vous lui avez donné une occasion d'occuper ses troupes et de détourner l'attention du peuple de sa misère.

— Nous en avons conscience. Nous avons misé sur cette situation pour négocier un traité de paix et faire croire à Alexander que nous lui offririons de précieuses richesses, qu'il s'agisse de navires, de bijoux ou de tonneaux de Nectar'Miel. Le roi aura bientôt d'autres chats à fouetter. Il oubliera vite notre existence, sans se douter que notre indépendance a bien plus de valeur pour notre économie qu'une poignée de pierres précieuses et un peu d'alcool. Dans notre proposition de traité de paix, nous n'avons pas mentionné les nouvelles marchandises que nous souhaitons commercer avec les royaumes voisins. Les taxes exorbitantes du Royaume Aérien ne concerneront pas ces activités de négoce. Inutile de vous préciser que nous allons privilégier leur développement…

— C'est très habile de votre part, même si je ne comprends pas votre plan d'ensemble. Vous misez sur les gains d'un hypothétique développement commercial. Le futur peut vous réserver de désagréables surprises… À court terme, vous allez vous ruiner ! Pardonnez-moi, mais votre stratégie globale me paraît démente. »

Valérian eut un sourire conciliant.

« Ces idées viennent de la princesse Séléna, confia-t-il. C'est une visionnaire. Elle réfléchit toujours avec un coup d'avance… Vous comprendrez tout demain matin, lorsque le Conseil d'Ysmil se réunira pour prendre une décision à votre sujet. »

L'alchimiste déglutit avec difficulté.

« Je ne vois aucune raison pour que vous m'épargniez, dit-il d'une petite voix. Votre peuple doit me reprocher mon rôle dans cette guerre meurtrière.

— Votre responsabilité est discutable, soupira le garde. Un fabricant d'armes est un créateur d'outils. Il n'est pas directement responsable des meurtres commis par leur biais, mais il en est le complice. Si leur utilisation est contraire à ses valeurs, il a le devoir moral de choisir d'utiliser ses talents à d'autres fins. À chacun de donner du sens à sa vie. »

Valérian avait raison. Misha avait accepté de devenir l'alchimiste du roi par orgueil et par confort. Il aurait pu changer de profession et concevoir des inventions plus nobles. Depuis qu'il avait rencontré Séléna et ses compagnons, il se sentait coupable d'avoir contribué à cette guerre. Il était tellement plus facile pour un fabricant d'armes d'ignorer l'utilisation meurtrière de ses créations, lorsqu'il ne connaissait ni le nom ni le visage de ses victimes…

« Le roi Andreas ne me le pardonnera pas, se plaignit l'inventeur. J'ai contribué à la mort de ses parents. »

Un nuage de tristesse passa sur le visage de Valérian.

« Ne craignez pas de représailles de sa part, dit le garde d'une voix sombre. Vous ne risquez pas de le rencontrer… Il a péri dans la bataille. Une flèche en obsidienne l'a empoisonné. »

Misha s'arrêta, choqué. Un frisson parcourut son échine. Le duvet de ses bras se dressa brusquement.

« Je ne comprends plus, bégaya-t-il. S'il est mort, qui représente votre gouvernement ?

— Vous n'en avez vraiment aucune idée ? »

L'alchimiste n'osa pas croire la première pensée qui traversa son esprit. Il eut la vision d'une princesse aux cheveux d'or et aux yeux de glace. Une jeune femme qui avait quitté son pays à bord d'un navire et qui était la prisonnière de son pire ennemi.

« C'est impossible… »

Valérian hocha la tête.

« La princesse Séléna dirigera notre peuple, confia-t-il, si elle survit aux prochains jours… Alexander ignore qu'il détient le dernier membre de la famille royale qui a osé défier son autorité. Nous avions besoin de ce double jeu pour mener à bien nos projets d'indépendance et de relance économique. C'était un jeu dangereux, je vous l'accorde, mais nous n'avions plus le choix. »

L'alchimiste se passa la main dans les cheveux.

« J'avais raison, murmura-t-il. Vous êtes fous. »

CHAPITRE IX

Filles de l'océan par la marée bercées,
Écrins de souvenirs par le vent dispersés,
Les huîtres protègent les ultimes parcelles
Des arômes de noix que les vagues recèlent.

« Perles de mémoire »
L'Alchimie du Goût – Poèmes gustatifs et applications, Vol. I

L'alchimiste fut réveillé par la lumière du jour. Des arcades en granit gris anthracite soutenaient le plafond et sa clé de voûte peu conventionnelle, en forme d'anémone de mer à multiples tentacules. Elle ne ressemblait en rien à celles du Palais Suspendu. Misha papillonna des yeux plusieurs fois avant de se rappeler ses mésaventures des derniers jours.

Les rebelles ne l'avaient pas confiné dans un cachot humide et glauque, contrairement à ce qu'il avait craint à son arrivée. Misha avait été installé dans une chambre propre et de dimension respectable, au sein même du grand manoir qui dominait la capitale des îles Liberté et qui faisait office de palais. Quelques meubles habillaient la pièce et lui prêtaient un caractère accueillant. Des braises rougeoyaient dans une cheminée en briques.

L'alchimiste frissonna en se levant. Malgré l'absence notable de courants d'air, une différence appréciable avec la forteresse de Borya, la température restait fraîche. Il se rapprocha des larges fenêtres qui s'ouvraient sur l'océan. Sous ses yeux, les vagues roulaient en rangées d'écume et s'écrasaient contre les falaises de craie. Quelques écueils affleuraient à la surface de l'eau, en rochers solitaires et envahis de moules. La vue était splendide. L'horizon était vierge et étincelant.

Machinalement, il frotta ses doigts autour de son Talisman Totem, la patte d'oiseau-lyre en argent qui ornait son cou. Il partagea ses pensées et son étonnement avec son djinn.

« *Les prisonniers n'ont pas souvent vue sur la mer,* songea-t-il. *Je suis traité avec plus d'égards que le roi Alexander n'en a eu pour Séléna et ses compagnons…*

— Le sens de l'hospitalité n'a jamais été sa qualité première – sauf lorsqu'il s'agit de partager un repas, bien sûr. »

Était-il vraiment le prisonnier de ces rebelles ? Ses conditions de détention l'amenaient à penser le contraire. Il avait le curieux sentiment d'être reçu comme un invité de marque. Cela n'avait aucun sens.

Il avait participé activement à la guerre qui avait meurtri la population de ces îles et qui l'avait privée de son gouvernement. Les parents et le frère de la princesse Séléna avaient trouvé la mort au cours des terribles batailles navales qui les avaient opposés à la flotte du roi Alexander. Misha était l'inventeur des armes enchantées à l'origine des attaques les plus meurtrières. Il portait une réelle responsabilité dans le bilan sanglant de ce conflit. Comment ces marins pouvaient-ils faire preuve d'une telle prévenance à son égard ?

Misha était convaincu que sa vie était en sursis. Les manigances des rebelles l'empêchaient de retourner au Palais Suspendu pour expliquer la disparition soudaine du *Trésor* et de ses richesses. Le roi Alexander, sa mère acariâtre et ses ambitieux conseillers devaient le maudire mille fois. Une récompense était sûrement offerte à tout habitant du royaume susceptible de marchander des informations concernant le renégat.

« *N'y pense plus,* soupira son génie. *Cette vie est derrière toi. Pour celle qui t'attend, attendons la décision du Conseil des îles Liberté…* »

Il soupira et massa ses tempes douloureuses. Il était le jouet impuissant d'une intrigue politique dont il ne comprenait pas les ressorts. Il regrettait d'avoir accédé au poste honorifique d'alchimiste du roi, quelques semaines plus tôt. Il aspirait à retrouver la sérénité et la sécurité d'une vie modeste, même au prix d'un exil qu'il devinait inévitable. Aucun royaume ne voudrait accueillir un traître à sa patrie et lui offrir sa confiance.

Misha était dans une impasse. Quel sort ces marins lui réservaient-ils ? La réponse effrayait l'inventeur.

La pièce centrale du manoir n'avait pas la splendeur d'une salle du trône, bien qu'elle en assurât la même fonction. Les murs étaient ornés de miroirs et de tapisseries qui représentaient d'anciens navires, des monstres marins ou des sirènes qui évoluaient dans des décors de fonds sous-marins. Les moulures du plafond en forme de coquillages et de flore marine témoignaient de la fascination de ce peuple pour l'océan et ses mystères. Des talismans lumineux renforçaient l'éclairage naturel qui entrait par les fenêtres.

Une dizaine de conseillers étaient assis autour d'une table dont les pieds et le plateau en bois étaient gravés d'un liseré d'algues en spirales et d'étoiles de mer. Les rebelles étaient attentifs. En bout de table, Misha observait Valérian s'agiter avec conviction. L'homme racontait son histoire avec une assurance étonnante pour un simple garde du corps.

Séléna était l'unique héritière de la famille royale depuis la mort de ses parents et de son frère aîné Andreas. La guerre avait accentué sa détermination. Elle avait souhaité mettre fin à ce conflit sans renoncer complètement à l'indépendance de son peuple. Une victoire totale du roi Alexander aurait présagé du pire pour l'économie et la liberté de l'archipel… Elle avait décidé de jouer les dernières cartes qu'elle tenait entre ses mains : sa beauté, sa ruse, de vieux grimoires et un nectar aux merveilleux arômes que les marins fabriquaient pour leur propre consommation.

Le cœur de Misha manqua un battement lorsqu'il comprit toutes les implications de cette annonce. Ces rebelles étaient capables de produire cette boisson divine ! Le soulagement, le plaisir et la colère se mélangèrent dans ses pensées. L'alchimiste remit aussitôt en cause les contes abracadabrants qui avaient été servis à la table du roi, dressant un décor factice de sirènes et de cités englouties…

Misha comprit rapidement que les îliens n'avaient pas tous approuvé l'audacieux stratagème de Séléna, qui avait simulé sa fuite des îles Liberté pour être capturée par les soldats du Royaume Aérien. Par la suite, les conseillers avaient suivi les consignes de la princesse qui correspondait avec eux depuis le Palais Suspendu. Ils avaient écrit des lettres au nom du défunt Andreas et envoyé des renforts pour libérer l'équipage du *Trésor*, en attendant le signal de la jeune femme.

« Chers conseillers, gronda Valérian, comme certains d'entre vous, je désapprouvais les plans insensés de notre princesse. Elle a choisi de se livrer volontairement à notre ennemi, un roi brutal et instable. Je n'avais pas confiance dans sa capacité à manipuler Alexander pour l'amener à ses fins. J'avais tort. Elle y a parfaitement réussi. »

Valérian partit dans une longue tirade. Les mouvements de ses mains ponctuaient chacune de ses idées. Excellent orateur, il semblait métamorphosé, bien loin d'un simple rôle de garde du corps.

Séléna et ses compagnons avaient mis à profit leurs journées de captivité pour élaborer une stratégie destinée à obtenir l'indépendance des îles Liberté, qu'elle prenne la forme d'un nouveau royaume ou d'un simple protectorat.

Séduire le roi visait à étouffer sa colère contre les rebelles qui bafouaient son autorité. Alexander devait être amadoué pour accepter les négociations de paix d'un souverain factice. Il ne devait plus imaginer ses adversaires comme des pêcheurs barbares, mais comme un véritable peuple avec sa culture, ses richesses et ses secrets. À chaque conseil de guerre, il devait repenser au sourire et à la beauté de leur princesse.

Les prisonniers savaient que les caisses du royaume étaient vides. Le roi Alexander était particulièrement sensible aux arguments économiques. Le désir d'indépendance des rebelles le gênait, mais il souhaitait surtout mettre la main sur leurs richesses. Prolonger la guerre lui coûtait cher. Il était prêt à négocier s'il en ressortait avec le sentiment de l'avoir gagnée. Il suffisait de l'appâter avec une longue liste de taxes et de revenus commerciaux, en insistant sur l'économie florissante des îles Liberté.

« Nous savions également que son alchimiste était un danger pour nos négociations, dit-il en se tournant vers Misha. Ses inventions confortaient le roi dans sa puissance militaire. Notre première ambition était de causer la mort du créateur des armes qui ont décimé notre peuple. »

L'inventeur se tassa dans son siège.

« Nous avons suscité sa curiosité pour les trois volumes de *"L'Alchimie du Goût"* que nous avions emportés, expliqua-t-il à l'assemblée. Comme vous le savez, ces traités sont protégés par de dangereux sortilèges dont la mémoire des mots s'est perdue au fil des siècles. Le dernier alchimiste à avoir essayé de les défaire a péri dans une explosion. Nous pensions que Misha n'échapperait pas à un sort semblable. Cependant, l'homme qui est sous vos yeux a réussi l'impossible : il a déchiffré le premier des grimoires. »

Des murmures surpris traversèrent l'assemblée. Misha entendit quelques remarques admiratives. Son djinn l'empêcha de se rengorger trop vite.

« Ils seraient moins enthousiastes s'ils savaient avec quelle subtilité tu y es parvenu, murmura-t-il. *Un soupçon de magie et un verre d'alcool. »*

L'inventeur se concentra sur le discours de Valérian, qui continuait son explication.

« Je reviendrai plus tard sur cet imprévu, affirma-t-il. Sachez simplement que notre plan a échoué : cet alchimiste était trop talentueux pour tomber dans un piège aussi simple. Sa disparition n'était cependant pas notre objectif principal. Le roi Alexander devait être convaincu de notre légitimité à exister en tant que peuple indépendant, avec des origines dignes des plus belles légendes… »

Les prisonniers avaient répandu des légendes exotiques concernant le Nectar'Miel pour exciter la curiosité et l'envie du gouvernement de Borya. Cette boisson était la clé de voûte de leur stratégie. Elle permettait d'entretenir l'imaginaire de la cour et de prêter une origine mystérieuse et antique aux habitants de l'archipel. La princesse Séléna avait ressuscité le mythe des sirènes et de leurs cités englouties.

Ces contes augmentaient par ailleurs la valeur des tonneaux de nectar, si rares qu'on ne les trouvait que dans de vieilles épaves. Une fois le traité de paix signé, les rebelles prétendraient dénicher quelques fûts au fond des mers pour les offrir à Alexander de façon régulière. Un privilège dont lui seul profiterait et qui flatterait son ego…

En vérité, les îliens ne pouvaient pas plonger si profond. Leurs meilleurs plongeurs utilisaient des talismans de méduse pour bloquer leur respiration quelques minutes, mais la différence de pression mettait leur corps à rude épreuve. Ils vendaient leurs talents pour déplacer des casiers, réparer la coque des bateaux ou pêcher au harpon. Explorer les abysses était encore un rêve inaccessible.

« Nous n'avions pas tout prévu, remarqua cependant Valérian. La méfiance de l'alchimiste du roi a contribué à prolonger le mystère autour de cette boisson, jalousement gardée dans les sous-sols de la forteresse… Sans le vouloir, il nous a grandement aidés dans notre entreprise. »

Les conseillers se tournèrent vers Misha qui remua sur sa chaise.

« Le roi et sa cour ont accueilli le Nectar'Miel avec un enthousiasme qui dépassait nos espérances, reprit Valérian. Au lieu de s'en satisfaire, la princesse Séléna a revu ses ambitions à la hausse ! Elle souhaitait négocier l'indépendance de notre peuple, mais aussi l'enrichir par la même occasion. Un nouveau plan a germé dans son esprit. Nous devions tendre un piège à l'alchimiste pour le faire disparaître et l'accuser d'emporter avec lui les secrets de fabrication du Nectar'Miel. Nous aurions alors pu commercialiser notre boisson en prétendant que le renégat en était à l'origine… »

Le garde offrit son plus beau sourire au malheureux inventeur qui comprenait enfin son rôle dans cette histoire.

« Nous devons agir maintenant ! assura Valérian en frappant soudain la table du plat de sa main. Le Royaume Aérien est prêt pour la dernière étape de notre plan. Nos ennemis ont goûté au Nectar'Miel et aux légendes qui l'entourent. Tous les habitants du Palais Suspendu ne parlent que de ce fabuleux nectar et des sirènes qui l'ont distillé. La capitale entière ne rêve que d'en savourer un peu, ne serait-ce qu'une gorgée.

— Nous ne sommes pas prêts, rétorqua un vieil homme ridé. Nos réserves ne suffiront pas à alimenter toutes les tavernes de la ville.

— Ce n'est pas l'intention de la princesse Séléna. Son objectif est bien plus ambitieux. Elle souhaite que *tout le royaume* puisse le déguster. »

Les conseillers s'exclamèrent tous en même temps. Valérian mit un moment avant de calmer le brouhaha de la salle du trône.

« Combien de tonneaux nous reste-t-il en dehors de ceux mentionnés par le traité de paix ? demanda-t-il.

— Une trentaine, répondit un jeune homme au regard vif et aux pommettes saillantes. Dix de plus en omettant la dernière étape de maturation.

— Et en comptant ceux qui viennent seulement d'être distillés ? »

Des éclats de voix choqués retentirent dans la salle. Valérian leva la main pour les faire taire.

« Une dizaine, répondit l'autre en hésitant. Ils sont cependant trop acides pour être commercialisés…

— Nous les couperons avec du rhum et de la bière. Nous devons faire durer notre stock jusqu'à la prochaine production, au printemps. Nos trente premiers tonneaux ne doivent pas disparaître trop vite dans les tavernes de Borya. Je vous propose de faire apparaître des fûts dans différentes villes du Royaume Aérien, de façon aléatoire. Le peuple pensera que l'alchimiste renégat écoule progressivement son alcool de contrebande en commençant par un nectar de qualité médiocre, pour finir par un nectar pleinement mature… »

Valérian sourit à nouveau.

« Nous commencerons par de petits tonnelets dans les villages côtiers, compléta-t-il. L'apparition aléatoire du Nectar'Miel dans les tavernes du royaume contribuera à alimenter sa légende et sa valeur. Tous les habitants du royaume voudront goûter l'alcool secret des sirènes, distillé par un alchimiste renégat et entouré de mystère…

— Nous devions devenir des producteurs reconnus pour leur expérience, pas des contrebandiers, argumenta le vieil homme ridé.

— Oublions notre ego ! Cette stratégie peut nous enrichir en évitant les taxes et les représailles du Royaume Aérien. Tant qu'Alexander ignorera la vérité, personne ne se doutera que nous sommes les réels producteurs du Nectar'Miel. Dès l'année prochaine, nous commencerons à commercialiser officiellement le nectar produit sur les îles Liberté. Pour nous démarquer d'une boisson de contrebande, nous scellerons chaque tonneau par un talisman-huître et nous peindrons le blason de notre archipel, une sirène sur son rocher. »

Le débat se prolongea encore, mais cette stratégie finit par emporter le vote de l'assemblée. Certains proposèrent de développer d'autres boissons dérivées du Nectar'Miel, moins alcoolisées, pour des publics plus jeunes. D'autres suggérèrent de vendre en même temps de petits talismans de magie calorique pour réchauffer les verres.

Le soulagement de Valérian fut perceptible. Il avait réussi à les convaincre.

« Tout dépend donc du silence de notre invité, conclut un des conseillers. Qu'allons-nous faire de lui ? »

Tous les regards se portèrent sur Misha qui déglutit avec difficulté. Les explications de Valérian le mettaient en fâcheuse posture. Les rebelles ne pouvaient pas se permettre qu'il évente leurs secrets. Ils n'avaient plus besoin de son aide… Ils n'avaient même aucun intérêt à le laisser vivre.

« Plusieurs solutions sont envisageables, avoua Valérian d'une voix grave. J'ai cependant eu le temps de mieux connaître l'homme qui est sous vos yeux. Un inventeur perspicace, brillant et pacifique. Il a été aveuglé par l'orgueil d'une carrière illustre et la splendeur du Palais Suspendu, mais il a appris de ses erreurs. Nous ne pouvons pas lui tenir rigueur des conséquences d'une guerre qui nous a tous meurtris. Cher Conseil, avec l'appui de la princesse Séléna, j'ai une proposition à vous faire. »

Il se tourna vers l'alchimiste et lui sourit.

« Plus particulièrement, j'ai une proposition à *lui* faire. »

Il fouilla dans sa poche et en sortit une grosse clé en argent. Au bout de la tige métallique, le panneton destiné à actionner la serrure avait un motif inhabituel. Il avait la forme d'une étoile à sept branches.

Le vent soufflait en rafales fraîches et salées. Une grande baie s'ouvrait devant les deux hommes qui admiraient la marée se retirer en laissant de larges bandes humides sur le sable. Des poteaux en bois pointaient à la surface de l'eau. Le ressac les découvrait peu à peu.

Le *Trésor* étincelait au milieu de la baie. Les membres de l'équipage s'affairaient à repeindre son pont, à recharger en magie les talismans de navigation et à changer la figure de proue. Le buste de sirène allait être remplacé par celui d'un roi triton, couronné et armé d'un trident doré. Le navire serait bientôt rebaptisé *Courage*. Contrairement à ce que Séléna avait prétendu, les rebelles ne possédaient qu'un seul vaisseau aussi majestueux que le *Trésor*, officiellement disparu à cause de l'alchimiste renégat. En dehors de ce voilier luxueux, hérité d'une dette contractée par le Royaume Aquatique, leur flotte n'était constituée que de bateaux de pêche.

La princesse insistait dans chacun de ses discours sur les richesses présumées de son archipel. Ces allégations étaient à la fois fausses et dangereuses, car elles contribuaient à exciter l'envie de conquête des dirigeants du Royaume Aérien. Aux yeux de Séléna, ce stratagème lui permettait d'accroître la réputation des îles Liberté et de légitimer sa prétention à fonder un nouvel État, certes minuscule, mais indépendant. Elle voulait prouver au roi Alexander qu'elle était son égale et non sa vassale, par la confiance qu'elle plaçait dans son système économique et son autonomie.

L'alchimiste était admiratif des multiples ruses de cette jeune femme, en dépit de sa captivité et des pertes familiales qu'elle venait de subir. La princesse Séléna avait gagné ce conflit par sa prestance, son charme et son intelligence. Elle avait offert une seconde chance aux marins qui vivaient dans cet archipel sauvage. D'une façon toute aussi surprenante, elle avait fait de même avec Misha par le biais de son garde du corps.

Contre toute attente, Valérian avait pris sa défense devant le Conseil des îles Liberté. Il lui avait proposé de mettre à contribution ses connaissances pour améliorer la qualité de vie des marins, en lui assurant une liberté totale dans le choix de ses recherches et de ses applications potentielles. Comment Misha aurait-il pu refuser une telle proposition ? Il se réjouissait à l'idée de ne plus consacrer son temps à créer de nouvelles armes. Même s'il ne pourrait jamais retourner au Royaume Aérien, cet exil avait un délicieux parfum de liberté.

Valérian lui avait fait un autre cadeau qui l'avait comblé de joie. Il lui avait offert une clé étrange, avant de l'emmener dans les sous-sols du manoir devant deux portes encadrées de moulures. Le garde avait expliqué que la première donnait accès à un sentier qui traversait la falaise et rejoignait une petite crique baignée par l'océan. La serrure de la deuxième s'était ouverte sans heurt. Derrière, Misha avait trouvé une bibliothèque modeste, mais remplie de grimoires recouverts d'une couche de poussière. Une étoile à sept branches était gravée sur chacune des reliures. L'inventeur s'était approché d'un rayonnage à moitié vide pour épousseter un des ouvrages qui restaient. Son cœur avait bondi de joie en lisant son titre : *"L'Alchimie du Toucher – Poèmes tactiles et applications, Vol. I"*.

Misha avait emporté le livre avec lui. Il était désormais persuadé que les couches de sortilèges protecteurs n'étaient pas destinées à en empêcher la lecture, bien au contraire, si l'on savait comment s'y prendre… Elles évitaient aux ouvrages d'être abîmés par l'eau et le sel. Le sentier qui reliait la bibliothèque à une petite crique n'était pas un hasard.

Il sourit en pensant aux découvertes qui l'attendaient.

« Ces rebelles n'auront pas cessé de nous étonner, souffla son oiseau-lyre. *Je n'osais pas te l'avouer, mais je pensais sincèrement qu'ils se vengeraient et que tu ne passerais pas la nuit.*

— Tu m'aurais donc menti ? Mon cher ami, voilà que je te découvre des faiblesses morales !

— *C'était pour ton bien,* se vexa le génie. *Et ne parlons pas de ta propre moralité. Tu as gagné quelques années de sursis pour tenter de l'améliorer.* »

Misha observa l'homme qui se tenait à ses côtés. Les mains croisées derrière le dos, Valérian souriait, le regard perdu vers l'horizon étincelant. En réalité, le rebelle n'avait jamais été garde du corps : c'était un aristocrate proche de la famille royale et respecté pour son discernement. Il s'était travesti pour soutenir les projets d'une princesse audacieuse.

« Je vous suis extrêmement reconnaissant, confia Misha avec sincérité. J'ai beaucoup de chance.

— Je suis heureux de votre décision. Vous vous intègrerez facilement à notre communauté.

— Je l'espère sincèrement. Je suis arrivé sur cette île sans le vouloir et je ne peux guère en partir… Non que je le souhaite, d'ailleurs.

— Vous devrez faire vos preuves pour gagner la confiance des habitants d'Ysmil, mais ils oublieront vite votre rôle auprès du roi Alexander. Ici, le respect s'obtient par le mérite. Chacun a ses propres talents qu'il met à disposition des autres. Les vôtres sont rares et précieux. Vous serez le seul alchimiste de cet archipel. »

Misha esquissa un sourire.

« Ce n'est pas pour me déplaire, avoua-t-il. Je n'ai jamais eu de fortes affinités avec mes confrères de la guilde. »

Il avait cru que sa bonne étoile s'était éteinte avec la capture de Séléna et de ses compagnons, mais les manigances des rebelles lui offraient une merveilleuse opportunité de changer de vie. Au lieu de le faire disparaître et de perdre ses talents, la princesse l'avait intégré dans sa stratégie si complexe. Ses activités redeviendraient compatibles avec des valeurs morales qu'ils s'étaient découvertes.

Il brûlait d'envie de se mettre à la tâche. Les fenêtres de sa chambre s'ouvraient plein ouest, où se dessinaient chaque soir de magnifiques couchers de soleil. Il pourrait enfin terminer les sortilèges dont il rêvait depuis de longues semaines.

La vie dans cet archipel s'annonçait agréable, si on oubliait les humeurs d'un climat réputé capricieux. Autre point non négligeable, les cuisiniers du palais ne connaissaient aucune recette à base de faisan. Leur régime alimentaire comprenait surtout des légumes, des fruits de mer et d'innombrables espèces de poisson.

« Venez, Misha, annonça soudain son hôte. La marée est assez basse. »

L'homme s'avança dans l'océan. De l'eau jusqu'aux genoux, l'alchimiste le rejoignit près des poteaux de bois à moitié immergés. Ils étaient noircis et abîmés par l'érosion. De minuscules coquillages en colonisaient toute la surface.

« Voilà notre secret bien gardé », s'amusa Valérian.

Un petit tonneau cerclé de fer était attaché au pied de chaque poteau. Un talisman en forme d'huître perlière était fixé sur le bois et garantissait son étanchéité. Misha comprit que les fûts étaient immergés par la marée deux fois par jour.

« L'érosion de l'océan et de l'air marin accélère la maturation de l'alcool, expliqua Valérian. Nous distillons le Nectar'Miel à partir de salsepareille grimpante, de fleurs des champs et de la bruyère qui pousse dans les creux de nos falaises. Il doit macérer un peu moins de deux ans pour développer tous ses arômes. Celui que vous avez goûté au Palais Suspendu provenait d'une cuvée spéciale âgée de trois ans. Cette année-là, de violentes tempêtes se sont abattues sur notre archipel. Plusieurs tonneaux ont été détruits ou emportés par les vagues, mais les rescapés ont développé des arômes extraordinaires qui témoignent de la puissance sauvage de la nature et du climat.

— Je comprends mieux mes difficultés pour saisir la complexité de ce nectar, commenta Misha. Je n'aurais jamais pensé à une production aussi originale. Depuis quand votre peuple consomme-t-il cette boisson ?

— Des siècles ! Nous ne savons pas d'où provient la recette. Certains prétendent que nous l'avons héritée d'un peuple disparu, des sirènes qui vivaient au fond des mers dans de mystérieuses cités… »

L'alchimiste foudroya son hôte du regard. L'autre éclata d'un rire sonore.

« Je ne me moque pas de vous, assura Valérian. Qui connaît la part de vérité dans nos légendes ? La mythologie sous-marine est très présente dans notre culture. Vous avez pu admirer les tapisseries qui ornent le *Trésor* et le palais d'Ysmil. Aucun de nos artisans n'est en mesure de les reproduire. Qu'ils soient ou non les descendants du peuple des mers, nos ancêtres avaient des secrets que nous devons respecter et chérir. Surtout lorsqu'ils prennent la forme d'un alcool ambré aussi exquis. »

L'alchimiste hocha la tête. Il partageait son avis. Valérian fit demi-tour pour regagner la berge, mais Misha resta en arrière.

« Vous ne venez pas ? s'étonna Valérian.

— Pas encore, répondit l'autre en souriant. Si les sirènes ont existé un jour, elles ne nous ont pas laissé que la recette d'un fabuleux nectar. »

Il montra le vieux grimoire qu'il tenait dans ses bras : *"L'Alchimie du Toucher – Poèmes tactiles et applications, Vol. I"*. L'alchimiste se détourna et s'avança dans l'océan. Avec exaltation, il plongea le livre sous la surface de l'eau. Des lettres et des symboles ne tardèrent pas à apparaître sur les pages grâce au mouvement des vagues.

Certains secrets finissaient par être oubliés ou dénaturés par l'érosion du temps. Le Nectar'Miel et les traités d'alchimie sensitive étaient-ils l'héritage d'une civilisation antique ? Ses descendants avaient-ils disparu ? Les preuves gisaient peut-être au fond des mers, dans de fabuleuses cités…

Misha ne pouvait affirmer qu'une vérité très simple : si les sirènes existaient, elles avaient beaucoup de goût.

ÉPILOGUE

Le vent gonflait doucement les voiles du navire. Les talismans accrochés à la proue rendaient la navigation presque paisible. La magie entourait le pont d'un halo bleuté. Les rayons du soleil soulignaient les nervures du bois de la coque.

Le relief escarpé des îles Liberté apparaissait au loin, en collines verdoyantes et en falaises de craie. Elles formaient un sanctuaire sauvage et préservé. La princesse Séléna se tenait à l'avant du bateau. Les avant-bras posés sur la balustrade, elle portait une robe blanche qui frémissait sous le vent. L'or de sa chevelure dansait autour de son visage.

Un homme aux cheveux flamboyants et aux yeux émeraude lui tendit une coupe de nectar. La boisson ambrée renvoyait mille reflets.

« Merci, Valérian, sourit la jeune femme. J'espère que vous avez apprécié ce petit jeu. »

L'autre partit d'un éclat de rire sonore.

« J'admire votre sang-froid, confia-t-il. Je pourrais croire que cette visite du Palais Suspendu vous a plu.

— Nous avons pu découvrir de près cette merveille d'architecture. Une aubaine ! »

Elle lui lança un clin d'œil et leva son verre en direction des îles qui grandissaient à l'horizon.

« À la santé des sirènes ! », dit-elle en riant.

Sans quitter les falaises du regard, elle posa sa main libre sur celle de Valérian. Leurs doigts s'entrelacèrent avec tendresse.

Remerciements

Cette histoire est née au cours d'une soirée de mariage de deux amis chers à mon cœur. L'inspiration frappe aux moments les plus inattendus ! Sylvain, Geneviève, je vous avoue avoir dérobé une feuille et des feutres de couleur pour écrire un prologue bien mystérieux… Deux ans plus tard, je publie cette histoire sous la forme d'un court roman rempli de magie et de poésie, comme votre mariage a pu l'être.

J'ai écrit ce récit en parallèle du troisième tome du *Souffle des Dieux*. Mener ces deux tâches de front n'était pas de tout repos ! Merci à mes proches, amis et membres de ma famille, pour votre patience et votre soutien. Je suis heureux de partager avec vous la joie du quotidien. Les mots m'enchantent au point parfois de me faire oublier la réalité. Votre présence est la source de l'émerveillement qui orne le tissu de mes histoires.

Je tiens à remercier ÉNORMÉMENT mes six premiers relecteurs Pierre-Jacques, Romain, Stéphane, Jérémy, Jean-Philippe et Sophie. Vous m'avez donné ÉNORMÉMENT de travail, mais je vous en suis absolument reconnaissant. Le résultat en valait la peine. Merci pour votre sincérité, votre travail éditorial et votre soutien.

Merci à Laëtitia à qui j'ai donné tout pouvoir après des mois de corrections, pour une ultime relecture et un avis qui m'était essentiel avant d'oser publier ce roman. Laëtitia, ton enthousiasme a dépassé mes attentes ! J'en ai encore des frissons.

Enfin, merci à vous, lecteurs, pour avoir franchi la porte d'un univers qui n'a pas fini de vous surprendre…

Du même auteur

Le Souffle des Dieux

- **Tome 1 : La Magie Perdue** *(février 2015)*
- **Tome 2 : Le Chant des Djinns** *(mars 2016)*
- **Tome 3 : à paraître** *(fin 2017)*
- **Tomes 4 et 5 : à paraître**

Résumé du Tome 1 *La Magie Perdue*

« Chaque nuit, l'héritier du royaume s'échappe du palais pour vagabonder dans les rues et les tavernes. Le prince rebelle ignore qu'une mauvaise rencontre peut faire basculer son destin et celui du monde.

La magie des Astres est en équilibre fragile. Les prophéties annoncent le retour d'une septième magie disparue depuis des millénaires, une force prodigieuse que deux innocents pourraient invoquer ensemble.

Sont-ils des héros ou une menace pour l'humanité ? Ils ont le pouvoir de détruire le monde… Ils ne doivent pas se rencontrer. »

Plus d'informations sur :

www.vincent-portugal.fr
www.facebook.com/vincent.portugal.auteur

Lightning Source UK Ltd.
Milton Keynes UK
UKHW02f0627130218
317792UK00006B/300/P

9 782955 532997